슬픔이 질병이라면

나는 이미 죽었을 텐데

KB131469

김제인

슬픔이 질병이라면

나는 이미 죽었을 텐데

차례

Error from heart

당신을 마음껏 앓다가
이 글과 함께 흘려보낼 생각이야

Depression

어떻게든 살아보려고 했던 흔적들이
여기에 고스란히 남았다

물 한 잔을 마셔도
낭만을 들이키고 싶다

chapter 1

당신을 마음껏 앓다가
이 글과 함께 흘려보낼 생각이야

Error from heart

우리는 깨진 유리잔처럼
아름답지는 않고
뭐랄까
질편하게 녹았다 다시 얼려 엉망이 된
아이스크림 같다.

O에게

    O, 잘 지내시나요? 저는 잘 지냅니다. 가끔은 하늘도 올려다보고, 폐 속이 꽉 차게 큰 숨을 들이마셔도 보고, 비가 우는 날 같이 울기도 하면서 말입니다. 너무 오랜만에 편지를 하지요? 우리는 서로의 문장을 바꾸어 보는 것을 즐겼었는데 이제는 시간이 흘러서 그런지 글을 적으면서도 흔들리는 펜대는 고민이 많아 보입니다. 언제나 그랬듯 엉뚱하게도 제가 당신을 떠났을 때에 어떤 기분이었는지 묻고 싶어 펜을 들었습니다. 이런 질문은 실례일까요? 실은 그간 많고 다양한 사람들과 이별하면서 우리라는 말로 묶여있을 때 당신의 기분이 문득 궁금해졌습니다. 저는 한 번의 이별을 제외하고는 그냥 그랬습니다. 걱정하실 것은 없습니다. 어차피 끝이 눈에 보였던 사람들이었으니 크게 타

격은 없었습니다만 왠지 인간에 대해 씁쓸하고 마음이 허해지는 것은 막을 도리가 없더군요. 이별하고 싶어 한 것인데도, 그저 그런 인간과의 이별조차도 하나둘 모이면 저를 갉아먹을 수도 있겠다는 생각이 들었습니다. 크게 달라진 게 있다면 담배 피우는 시간이 늘었습니다. 그 몇 분 안 되는 시간이 폐에서 입으로 나오는 연기가 어찌나 고독한지요. 저를 아끼시던 당신의 마음은 어땠나요? 크게 몰아 내쉬는 한숨 내와 억지로 울음을 삼키는 소리조차 어여삐 여겨주시던 당신의 가슴에 시퍼런 빛을 내는 멍이 여전히 있는 게 아닐까, 어쩌면 오만하게 보일 수 있겠지만 이제야 저는 걱정이 됩니다. 이제야 당신의 마음이 신경이 쓰입니다. 이별을 배우고 나서야 너덜거리는 마음으로 당신을 떠올린 제가 참 못나 보이지요? 제가 여리고 못난 사람이라는 건 알고 계시잖아요. 얼마나 과분한 사랑을 받았었는지 뒤를 돌아보니 아쉬운 마음보다는 행복한 마음이 가득합니다.

그날 독한 말을 내뱉고 잘 살아가라는 인사를 했을 때 당신은 얼마나 아팠나요? 혹, 당신이 좋아하던 제 입술 사이에서 나온 문장들이 여전히 당신을 괴롭히고 있나요? 저를 어떻게 기억하고 있나요?

O, 저를 잊으셔도 좋으니 저의 오만으로 인한 당신의 마음속 검고 푸른 것들이 흔적도 없이 사라지길 바랍니다.

아주 만약 비 오는 날 뻐근한 무릎마냥 제가 생각이 난다면, 벚꽃이 바람에 휘날릴 때 손가락 사이로 빠져나가던 제 머리칼의 느낌이 손끝에 남아있다면, 제가 오랫동안 그리워했었다는 이 편지가 심심한 위로가 되었으면 좋겠습니다. 철이 없었다면 없었고 어렸다면 어렸겠지만 우리는 거짓 없이 사랑했고 진실만을 말했습니다. 어쩌면 그것이 당신과 나를 괴롭혀 둘 사이를 찢어 놓았는지도 모르겠지만요. 자꾸만 붕 뜨는 기분에 괴로워 당신 생각을 했는데 글을 마칠 때가 되니 차분해졌습니다. 이런 이유로 제가 당신을 좋아했던 것 아셨나요? 유약한 저를 진정시키는 유일한 사람이었어요. 그래서 O, 당신 잘살고 있나요? 잘살고 있으리라 믿겠습니다. 당신은 언제나 좋은 사람이었듯 제가 없는 곳에서도 웃고 있으리라, 그리 생각하겠습니다. 당신이 바라던 사랑을 하며 잔잔하게 흘러가고 있기를 바랍니다. 같은 하늘 아래에 살고 있으니 우리는 영영 이별도 아니라는 생각이 듭니다. 언젠가 우연히 마주친다면 말끔한 웃음으로 악수를 청하고 싶어요. 받아주시겠어요?

　-당신의 제인이었던, 이제는 그냥, 제인.

Delete 01

나는 작은 불씨에도 쪼그라드는 성냥처럼 모든 것을 내어줬고, 불빛을 보면 달려드는 불나방처럼 네게 온 몸을 던졌지. 이제 여기에 남은 거라곤 까맣게 타버린 내 전부의 잔재. 네 기억 속에 나는 셔터의 빛처럼 소멸되었고, 영원을 말하며 파도를 만들다 완벽히 포말에 묻혀버렸지. 당신은 그렇게 나를 영영 지워버렸어.

delete 키 하나 누르는 것처럼 너무도 쉬웠지. 참 우습지, 온갖 단어를 갖다 붙여 봐도 내 처참한 마음에 비할 수 없다는 게.

Delete 02

가만히 기억을 되짚어봤어.
너무 지루해서 기억에도 없는 인연도 있었고.
정이라는 변명으로 자리 잡은 인연도 있었지.
나를 오래 만난 사람들과 나를 스쳐 간 사람들.
그사이에 넌 어디에도 속하지 못하는데
넌 대체 나한테 무슨 짓을 한 건지.

난 왜 오늘도 네 꿈을 꾸었을까.

Delete 03

　너를 겪은 이후로 더 까다롭고 예민한 사람이 되었고 결국 사랑에 까막눈이 되어버렸다. 눈이 마주치면 죽을 것처럼 가슴이 쿵 하고 내려앉는 기분이 무엇인지, 여름밤을 나란히 걸을 때 온몸을 울리는 심장 소리가 얼마나 컸는지, 아침에 눈을 떴을 때 보이는 말간 얼굴에 마음이 얼마나 벅찼는지. 너를 떠난 나는 이제 영영 모르는 것이다.

Delete 04

　당신, 그거 알아? 세상엔 당신을 떠올릴 것들이 너무도 많아서 한동안 집에 틀어박혀 지내야 했어. 아무것도 듣지 않고 아무것도 보지 않고. 그저 내 마음 꼭 쥐고 웅크려 있었어. 목소리가 듣고 싶은 밤에도 등 돌려 억지로 잠을 청하고, 죄 없는 음악들로 고막을 꽉 채워 듣고 싶은 마음 같은 건 겨우 덮어버리고 나를 재우곤 했어. 당신 얼굴이 눈을 감아도 사라지지 않아서, 까만 스크린 가운데 당신이 자꾸만 자리 잡고 있어서. 언젠가 봤었던 장면이 머릿속에 상영 될 때면 괴로움에 몸부림치며 얼굴을 이불에 처박고 하루를 보냈어. 숨을 헐떡이는 일 말곤 내가 할 수 있는 게 없었어. 롤러코스터의 높은 구간을 끝없이 올라가는 것 같았어. 아래로 아래로 떨어지고 싶은데 그냥 계속 올라가기만

하는 기분. 내리고 싶어도 내릴 수 없는 기분. 울고 싶어도 울어지지 않았어. 우리가 달력을 몇 번이고 넘기는 동안 당신 그림자를 만들어 쫓고 모습을 되감아 그리워하던 이유는 세상에 남아있는 한 점 낭만의 조각이 당신이라는 제 맹목적인 믿음 때문이었어. 가끔 내 시간이 멈췄던 거, 그래서였어.

당신이 떠난 자리에서 달 한 번, 땅 한 번 번갈아 보며 담배를 몇 개나 태웠는지. 슬픔을 모르는 얼굴을 가진 사람들 틈에서 엉망인 얼굴을 가리고 얼마나 주저앉아 울었는지, 시린 손끝을 쥐었다 피었다 하면서 몇 바퀴를 돌았는지. 집으로 돌아가는 길 내내 내게 마지막인 걸 알려주느라, 귀가 닫힌 나를 설득하느라 얼마나 힘들었는지. 그래서 얼마나 많은 말을 삼켜야 했는지 당신은 모르겠지. 별거 아닌 당신 하나 지우는 게 그렇게 힘든 일이었어. 우리는 서로를 등지고 다른 사람과 사랑을 하고, 이별을 하고, 또 사랑을 하면서 그렇게 흐려지고 있어. 이번 사랑이 끝나면 당신 마침내 지워질까. 당신 하나 지우자고 나 대체 몇 번의 사랑을 해야 할까. 아직도 당신은 강바람에 날아들고 네 번이나 바뀌는 계절 틈 사이에 묻어있어. 가닿지도 않을 안녕을 말하며 별거 아닌 것들에도 난 매일 흔들리고 있어.

당신은 어때. 여전히 잘 지내니.

이별은 늘 시간과 한패여서
좋은 기억만을 남겨
그래서 남은 기억은 모두 태워버려야 해
시간이 만든 몽롱함에 취해 속지 않도록

Delete Your memory - Error

아침부터 두근거리는 마음은 모른 체하고. 교통체증에 괜히 성질을 내다 저 멀리서부터 널 알아보고 한달음에 달려가 그 품에 쏙 안기고. 셔츠 깃에 얼굴을 묻고서 킁킁. 언제 맡아도 냄새가 좋아. 뭐 듣고 있었어? 뭐가 그렇게 좋은지 얼굴만 봐도 웃으며 걷는 내 모습이 참 바보 같을 테지. 보고 싶었어? 난 너-무 보고 싶었어. 음절을 늘어뜨리며 잡은 네 팔에 괜히 무게를 싣고 한참을 네 눈을 바라볼 테지. 더워, 떨어지란 네 말에 뭐가 더워 난 추운데. 인상 쓰지 마 난 추워. 그렇게 한 시간을 줄 서 들어간 곳은 맛집이라면서 맛이 없네. 눈치를 보다가 우리 눈이 마주치고선 괜히 웃겠지. 네가 오자고 했으니까 네가 다 먹어. 그럼 넌 세상에서 제일 불쌍한 표정을 할 거야. 이거 봐 나 임신한 것 같지. 맛없다며. 배를 통통거리는 내가 한심하단 듯 넌 웃고. 볕이 뜨거운 한강의 그늘로 피신해 우리가 좋아하는 노래를 틀어놓고 넘실거리는 강물을 앞에 두고 실없는 농담을 몇 번. 고즈넉한 해 질 녘엔 나만 알고 있는 LP바에 가기 싫다는 너를 끌고 갈 거야. 심사숙고 끝에 내가 제일 좋아하는 곡을 들려주고 그럼 넌 심사위원마냥 도도한 표정으로 세상에서 제일 진지한 얼굴인 내게 말하겠지. 뭐 괜찮네, 하고. 그 말이 왜 그렇게 기쁜지 잔에 차 있는 술을 연신 들이켜고. 칵테일 몇 모금에 취기가 오른 우리는 함께 장을 보러 가 회 저녁 하늘을 배경 삼아 아이스크림 하나씩 물고 집으로 터벅터벅. 토마토가 숙취에 좋대. 말도 안 되는 소리 하지 마, 그럼 난 멈춰서 입술을 삐죽 내밀다 멀어지는 네 등 뒤로 하여간, 하며 작게 읊조리다 이내 달려갈 테지. 더워도 난 추울 거니까 네 곁으로, 네 손을 꼭 잡으러.

이건 내가 너와 꿈꿨던 모든 것들. 이젠 정말로 꿈으로 남아 허구가 된 것들. 고아가 된 울음으로 쓴 것들.

Dream Dream 01

지친 얼굴을 서로의 몸에 기대고, 강물이 비치는 반짝이는 눈동자를 보고, 얼굴을 부비고 당신 냄새를 맡고, 부는 바람에 당신 쪽으로 몸을 움츠렸다가. 달이 예쁘다, 기타를 가져와. 우리 아무거나 신나게 쳐보자. 나는 하얀 발을 끄덕거리다 일어나 춤을 출게. 흐트러진 기타 소리 안에서 입에서 입으로 와인을 넘기고 곧 뜨거워진 손을 잡고 어디든 뛰어가 보자.

Dream Dream 02

　당신과 나의 좀먹은 아픔과 축축한 슬픔 그리고 우리의 사랑이 얼마나 뜨거울지에 대해서 이야기하고 싶어. 어둠이 짙게 깔린 방 안에서 창 틈새로 들어오는 달빛에 의지해 당신의 눈을 가만히 바라볼래. 당신이 무슨 생각을 하고 있는지 그 깊은 눈동자의 심연을 가늠할 수 있게 해줘. 이내 당신 팔을 베개 삼아 누운 내 머리칼을 부드럽게 헤집으며 잠긴 목소리로 자장가를 불러줘. 그럼 나 말고 아무도 없는 내 꿈속에 당신을 처음으로 초대할게.

　혹시 알아? 나를 사랑하게 될지.

Dream Dream 03

태초에, 원래에, 운명적으로 만나야만 했던 반쪽들이 돌고 돌아 결국엔 만나게 되는 이야기처럼 그렇게 내게도 고개 너머로 네가 보일까. 그래, 그게 너였으면 좋겠네. 가까워진 네 음성이 내 이름을 말했으면. 잘 잤냐고, 밥은 먹었냐고, 우리 내일 또 보자고…. 아니, 전화가 걸려오면 얼마나 좋을까. 내 인생이 너로 인해 로맨스 영화처럼 흘러가면 얼마나 좋을까 하고.

Dream Dream 04

꿈을 꾸러 갈 겁니다. 살갗을 부비고 온갖 투정을 부리며 늦잠을 자러요. 그는 괜찮다며 내 머리칼을 쓸어주고요. 파르르 떠는 어깨는 금세 숨소리와 어울리는 언덕을 찾을 테지요. 몸의 온도를 맞추고 품에 얼굴을 묻으면 우린 술래 없는 숨바꼭질을 할 거래요. 그의 살내를 가득 머금고 나는 오랫동안 잠에 빠질 거예요. 안녕.

unwelcome guest 01

네 목소린 언제든 들을 수 있는데, 그 목소리로 내 이름을 듣는 건 하늘의 별 따기가 되었다. 네 목소리가 듣고 싶다. 보고 싶은 것보다도 네 목소리가. 오늘 밤의 고독 같은 건 다 소멸시킬 것 같은 그 목소리가 나는 그리워졌다.

네 찰나의 순간이 내겐 매일이라서 너보다 먼저 뒤돌아 도망가고 싶었다. 매일을 모른 척하고 싶었다. 너 하나를 사랑하기 위해 얼마나 많은 상처를 뒤로했는지 그 많은 기억을 모른 척하며 매만졌는지 너 다시 떠나가면 아픔만이 곱절이 되어 수면 위로 떠오른다는 것을 나는 알았는지 몰랐는지. 혹은 모른 척 하고 싶었던 건지. 청승맞은 노래 몇 곡 흐르고 다 태운 담배 쌓일 때면 또 잊혀지겠지.

unwelcome guest 02

그리움의파도를헤엄치다보면한번도와보지않은곳에다다르
고붉어진얼굴로숨을참아겨우닿은그끝에는당신이있을까웃
고있을까울고있을까손을잡을수있을까온기를느낄수있을까

about maum

수면제 열 세알 정도의 밤과 몇 잔의 술, 그리고 조금의 적막이면 아무것도 아닌 일이 될 거야. 나도 알아, 나는 괜찮아 질 거야. 그냥 지금 당장이….

있잖아, 난 마음이 울렁이는 게 싫어. 어떤 미성숙함도 자랑하고 싶지 않아서 내가 혼자인 거야. 상처를 받고 상처를 주는 삶이, 고통이 돌고 돌아야만 숨 쉴 수 있는 삶이 미운 거야. 어렵게 끊은 생각을 다시금 물게 하는 네가 너무 좋고 너무 싫은 거야. 어쩌면 나를 울렁이는 그 많은 감정 중에 고통만을 망각하고 다시 네게 달려들지도 모르겠어. 사랑과 불신의 경계에 어중간하게 서서는 되도 않는 저울질을 하다 결국엔 말도 안 되는 한쪽으로 기울어 버릴지도 모르지. 네 잔향이 지독하게 남아버려서 입을 틀어막고 숨을 참아도 쉽게 환기가 되질 않아.

　마음이 손에 잡힌다면 잡아 뜯어 네가 흔적도 없어질 때까지 밟아버리고 싶어.

DIVE TO BLUE

미련은 어김없이 밤의 문을 두드리고 문이 열리면 작은 방을 밝히는 조명도, 죄 없는 벽의 무늬도, 영문 모르게 부는 바람마저 당신이라는 이유가 생긴다. 당신은 나를 떠나고도 잊을만하면 미뢰를 건드릴 쓰디쓴 가루약이 되었다. 슬픔에 빠지면서도 슬퍼할 이유가 당신이라는 것이 다행이라는 생각을 하면서 나는 당신을 삼키고, 또 삼키고.

나 이렇게 매일 슬프면 당신께 용서받을 수 있을까.
오늘같이 비 오는 날에 죽으면 죄악이 깨끗하게 씻겨 나갈까.
내가 죽으면 당신 기억 속에서 얼마나 살게 해주려나.

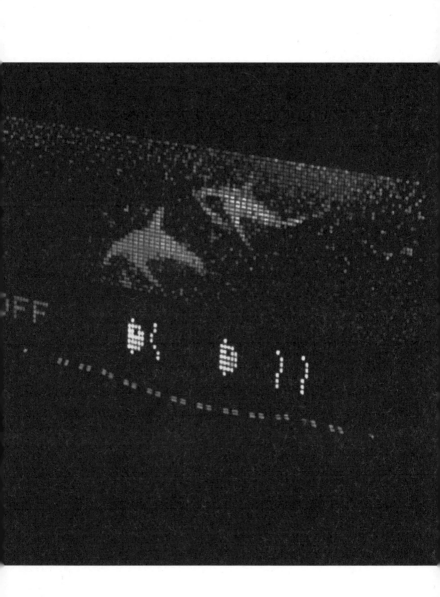

허상

나는 실체 없는 허상을 사랑했나.
내가 기억하고 싶은 모습들만을 기억했나.
모든 움직임을 낭만으로 억지로 욱여넣어 포장해버렸나.

비포선라이즈 같은 영화가 사람을 다 망쳐놓는다고 말하는 사람을 사랑하고 싶지는 않았는데 말이지. 애초에 여기에 오해는 없고 오해라고 믿고 싶은 오만함만이 존재하니 그냥 믿고 싶은 대로 믿자. 우리는 원래 불통의 존재야.

dust

애써 외면한 마음에 어느새 네가 묻어있다.

나도 모르는 사이에 온통 스며들었다.

흠뻑 젖고 나서야 끄덕인다.

너를 여전히 그리고 있구나.

달라진 것은 하나도 없었구나.

오랜만에 울음이 터졌다

서러운 마음 숨길 길 없네.

손바닥으로 가린들 울음이 아니게 되는 것도 아니고 그냥 울자.

만약에

우리 너무 쉽게 사랑해서 이별도 쉬웠던 걸까
조금 더 네 마음을 의심했으면,
그날 밤 달이 예쁘지 않았으면,
어두운 영화관 속에서 네 입술을 보지 않았으면,
네 고백을 듣지 않았으면,
애초에 우리 만나지 않았으면
우리 헤어질 일도 없었을 텐데
너무 쉽게 만나서 너무 쉽게 헤어지는 일 없었을 텐데

풀리지 않을 물음표

너를 떠나고 늘 묻고 싶었던 말이 있었어. 나를 조금이라도 사랑하긴 했었냐고. 그 말을 매일같이 삼켰어. 네게 물을 수 없어서 매일같이 마음속에 묻어왔어. 언제쯤 네 답이 궁금하지 않아질까. 언제쯤 잊혀지는 물음일까. 오늘도 여전히 궁금한 물음이야. 나를 사랑하긴 했었어?

No Answer

날 그렇게 떠난 당신이 수없이 사랑을 했으리라곤 생각 못 하고. 난 멍청한 건지 순정인 건지. 왜 너 하나만을 마음에 담아두었을까 왜 그렇게 그리워했을까 왜 굳이 너만 남겨두었을까.

당신 말대로 우린 악연이야. 사랑인 줄로만 알고 맹목적으로 달려든 내가 있었잖아. 당신은 무슨 마음이었는지 아직도 난 모르겠지만 다정에 닿아보지도 못한 채 결국 내 예상을 전부 빗나가 버렸고, 변한 건 하나도 없었으니 당신을 미워할 수밖에. 그러니 우린 악연인 거야. 내가 애타게 보고 싶던 사람이 당신 하나일 동안 당신이 그리워했던 사람은 수없이 많았고. 정말이지 바보 같은 나.

그리고
그리고….
……

우리가 운명이라고 생각했던 많은 날들이 있었다. 너를 떠나보내고 뒤돌아보니 사실 우리는 무수히 많은 노력으로 만들어진 관계였다. 나는 너 없이 살던 삶으로 돌아왔고 더 이상 영화 같은 일을 꿈꾸지 않는다.

J minus jane 01

네가 아팠던 만큼이나 나도 아팠다. 수면제에 취해 늘 어놓은 말들은 네가 언제든 나를 떠날 준비를 한 사람 같아서, 나는 그게 무서워서 약에 취해 겨우 꺼낸 말이었다. 모든 것이 오해였다면 돌아갈 수 있다고 자신했다. 하지만 곧 자만이었음을 알았고 그 과정에서 또 다른 상처를 마주했다. 너에게서 내 어떤 흔적도 찾을 수 없다는 것. 바퀴 하나 빠진 것 마냥 덜컹거리는 마음을 달랠 수가 없었다. 네 상처를 품다 보면 내 상처도 품어줄 것 같았다. 내 생각은 틀렸다. 어쩌면 네게 바랐던 모든 것이 욕심이었는지도 모른다. 타인에게 바라고, 그렇게 해서 쥐었던 것들이 어쩐지 네게는 조금도 통하지 않는 것이다. 네 말대로 넌 예민한 사람이었는데 주의사항을 읽지 않았던 내가 문제일 테다.

우리는 티키타카도, 테트리스도 할 수 없는 사이. 어딘가 어긋나면 이내 다른 곳도 어긋난다. 작은 빈틈이 생기면 금세 무너져 내린다. 오해가 생기면 아물었던 상처가 더 크게 벌어진다. 네가 고통스럽기를 바라지 않는다. 또, 나를 기억하거나 잊어주기를 둘 중 어느 것도 바라지 않는다. 내가 돌아갈 곳은 없다는 것을 안다. 영영 닫혀버린 네 마음에 이제 내 자리는 없으므로. 그저 나 많이 아팠으니 부디 조금만 알아달라고 밤새 네 얼굴을 찾아 헤맨다. 아직도 너를 미워하는 건지 아닌지 확신이 서질 않는다. 허나 확실한 것은 우리가 다시 사랑을 하기에는 너무 멀리 왔다는 것.

네게 모조리 변명이 된다는 것을 알기에 더는 적을 자신이 없다. 나는 지금부터 너를 듣지도, 보지도, 생각하지도 않는다. 이것은 변덕스러운 내가 유일하게 장담할 수 있는 말이다. 아플 것을 알면서도 들여다보는 것은 쓸모없는 짓이라는 것을 너로 인해 배웠다. 그러니 너 또한 이곳에 찾아와 내 글을 읽지 않았으면 한다.

계절이 몇 번이나 바뀌는 동안에도 너를 그리워해서 네 눈치만을 봤다. 너를 겪은 후에도 미움을 살까 마음을 풀어놓지 못했으니, 나 작은 욕심을 하나 내자면 나 그저 그런 사람이 아니라 너와는 너무도 다른 사람이었고, 늘 네 눈치를 살피면서 바라던 건 네 마음 하나였던 작은 사람이었다고. 그러니 내가 소리 없이 울 때 내 슬픔을 기억해주길 바란다. 나 언제나 낮은 자세로 미안을 말할 준비가 되어있었으니.

J minus jane 02

지금은 틀려도 그때는 아주 행복했었다는 말이야. 목이 아파도 네 심장 소리를 듣고 싶어서 밤새 팔베개를 놓지 않았는데, 팔이 저리지도 않는지 곤히 자는 너를 보면서 어쩌면 이 사람과 내가 사랑을 하게 되지 않을까 생각했는데. 차라리 그날 집으로 가는 택시에 몸을 싣지 말걸, 모든 달콤한 말들을 믿어 줄 걸 그랬나. 그렇다면 너도 날 이해하고 싶은 마음이 들었을까. 그립다 그 하루가. 또 언제 시간을 내주시려나 하며 나를 궁금해하는 네 모습도, 불쑥 들어오던 입술도, 귀엽게만 보였던 네 작위적인 말투도, 내 눈을 피하지 않는 깊은 눈동자도. 그땐 모든 게 우리 앞에 흐르는 강처럼 잘 흘러갈 것 같았는데 어쩌다가 이렇게 네 흔적만 쫓게 되었을까.

파편으로

　나는 네 말이 아파서 늦게나마 내 마음을 전부 걸고 네 진심이란 걸 믿어보기로 노력했었는데 넌 내게 그럴 마음은 없었던 거지?

　사랑이라는 건 이해를 수반하는데 그럼 넌 사랑이 아녔나 봐. 생각해보니 그래. 도무지 이해 안 되는 전개와 네 못난 단점까지도 사랑하려 애썼는데. 넌 우리가 빠진 강물의 수면 위를 둥둥 떠다니다 유유히 땅으로 걸어가 버렸지. 흠뻑 젖은 나를 등지고. 지금의 우리를 봐. 내 말이 맞지. 난 네 사랑이 아니었어. 내가 꿈꿨던 것은 이해와 사랑, 그리고 안식. 또는 서로의 도피처. 허점 많은 보통의 사랑을 하고 싶었는데. 네가 바라던 것은 대체 뭐였을까. 망가진 우리를 고치고 싶어서 여기저기를 이어 붙이고 마음을 덧대어 틈이 보이지 않게 하고, 네 바람대로 솔직함을 잃지 않고 사랑할 준비를 하고 있었는데 날벼락을 맞고 정신을 차려보니 넌 영영 사라지고 없구나. 갈 곳 잃은 눈동자만 남았구나. 네 심장에 칼 한 번 꽂았더니 너는 그 파편들로 나를 산산조각 내는구나.

I got lost

솔직히 말하면 너무 보고 싶어. 가까이서 눈동자를 한참 쳐다보다 얼굴을 만지고, 그리고 그리고 조용히 입을 맞추고 싶어.

그렇게 해가 질 때까지 하루만, 단 하루만 보내다 와도 나는 살 만할 텐데.

I got lost 02

두 팔 벌려 끌어안은 손에 잡히는 게 없을 때, 규칙적인 시계 초침 소리를 듣고는 그제야 아 꿈이었구나, 한다. 꿈 속에서 길을 잃고 너를 부르는 단어들은 입안에서 맴돌기만 하다 억지로 삼키고.

겨우 뜬 눈으로 담배 한 모금에 숨을 뱉는다.

눈을 감으면 주황색이라든지
아지랑이 피는 블랙홀 따위가 보였는데
이제는 확실히 다른 것이 보입니다.
눈을 뜨면 사라지고,
눈을 감아야만 보이는 것이 생겼습니다.

약을 조금 늘렸다.
마음에는 조각 하나 남았다.

Raindrops and dances

비 오는 날을 좋아하게 만든 건 S였다.

집 안에서 에어컨을 틀어놓고 창밖의 빗소리를 듣는 것 빼곤 좋아할 이유가 없었다. 턱을 괴고 유리창에 떨어지는 빗방울을 보며 나는 말했다. 비가 오면 눅눅하고 습해서 머리도 구불거리고 옷도 다 젖잖아. 정말이지 최악이야. 불평하는 내게 S는, 난 네 구불거리는 머리도 좋아하고 옷이 젖으면 뭐 어떠냐고 대답했다. S와 나는 그날 우산 없이 밖에 나갔다. 왠지 S와 함께 있으면 뭐라도 할 수 있을 것 같았다. 무서울 게 없었다. 영화 인생은 아름다워에서처럼 나의 모든 순간을 웃음으로 채워주는 그런 생명력과 낭만이 S에게는 있었다. 우리는 비를 맞으며 맨발로 차가운 아스팔트를 밟으며 같이 걷기도 하고 사람이 없는 거리에서 신발은 저만치 던져놓고 춤을 추기도 했다. 온몸이 젖어 머리부터 발끝까지 난장판이 됐는데도 유리창에 비친 내 모습이 썩 괜찮아 보였다. S는 비에 축축이 젖은 머리칼을 너저분하게 털었고 그 모습이 꼭 강아지 같았다. 처마 밑으로 떨어지는 빗물에 나뭇잎을 달고 있던 발을 씻으며 S에게 말했다. 우리가 마치 영화 속 주인공이 된 것 같다고. 비에 젖은 엉망진창인 내 모습도, 네 우스운 꼴도 마음에 든다고. 그래서 나도, 비 오는 날이, 좋다고.

farewell to raindrops

#1

    지나고 보니 너는 내 아픈 사랑이었다. 앞으로도 아플, 행복에 겨운 와중에도 순식간에 네 잔상에 익사할 수도 있을 것 같은. 나는 네가 행복했으면 좋겠다. 네가 없었다면 나는 아마도 산 사람이 아닐 것이니 늘 고마운 마음뿐이다. 네가 다른 누구도 아닌 네 행복만을 쫓아 살기를, 언제나 외로움을 견디지 못하는 나약한 나를 부디 용서하기를, 먼 훗날 웃는 모습을 보여주기를. 그리하여 우리가 저지른 죄를 털어낼 수 있기를 나 간절히 바란다.

#2

너를 향한 걱정도 나의 오만이고 욕심이라는 생각이 들었다. 네가 날 필요로 해도, 아무리 내 이름을 불러도 멀어지고 그대로 흐릿해져 마침내 완전히 사라져주는 것이 널 위한 길이라는 생각. 밤이 오면 나는 유령이 되어 너를 찾아가 더는 줄 수 없는 것들을 네게 속삭이고. 잠에서 깨면 분명 넌 괴로울 테지. 너를 위해 이제 그만두어야겠다. 너를 염려하지도 걱정하지도 않으리라. 네가 찾을 수 없는 곳에서 너의 행복만을 빌겠다.

안녕 S.

오늘은 너에게 품던 온갖 감정들을 기억의 파도 속에 전부 흘려보내는 날이다.

그리운 이름에게

　낭만을 앓던 내게 넌 손쉽게 낭만을 알려줬다. 입에 직접 불어넣어 맛보게 해 주었지. 지랄맞은 나를 순한 양으로 만들고 네 사랑만을 바라게 했지. 비좁은 침대 위 부드럽고 따뜻한 살결도 밤새 나를 껴안는 팔 언저리도 잔잔히 코 고는 소리도 잠이 덜 깬 멍청한 표정도 부스스한 뒷모습도 젖은 머릿결도 손잡고 걷는 거리도 예고 없이 불쑥 들어오는 입술도, 모두 좋았다. 아무 말 없이 강물처럼 흐르는 시간도 밤의 아쉬움도 여전히 내 머릿속에 강렬히 박혀있다. 나는 거짓 없이 행복했다. 모든 순간이 영화 같았다. 나 알 수 없이 버려졌대도 거짓 없이 행복했으니 되었다.

그리운 이름에게 #2

당신이 행복했으면 좋겠다. 내가 당신의 트라우마라면 당신에게서 가장 멀리 떨어져 없는 사람처럼 살게. 처음부터 없는 사람이 되어도 좋아 그러니까… 난 행복하긴 글렀으니. 그러니 당신이라도 행복하면 참 좋겠다. 당신을 괴롭히는 공황도 불안도 나의 잔상도 모두 떠넘겨도 좋아. 난 괜찮을 테니 그러니까 내일부터는 행복해 부디.

그리운 이름에게 #3

안녕

너에게 인사를 하러 왔어
기억나 우리가 처음 만났을 때 말이야
어떻게 생겼는지 누군지도 모르는 너를
얼마나 설레는 마음으로 기다렸는지 너는 알고 있을까
그 밤의 모든 것들은 우리가 운명이었다고 말해주고 있었어
끊어져도 다시 이어질 인연이라고 증명하는 것 같았지
보이지 않는 붉은 실이 너와 나를 분명 잇고 있었어

우리는 헤어지는 게 아쉬워 강가를 걷고
걷던 길을 또 걷고 아는 길을 처음처럼 또 걷고
풀이 무성한 곳에 숨어 조용히 입을 맞추고

그러다 풀썩 주저앉아 흘러가는 강물을 가만히 바라보았지
강바람에 흥얼거리던 네 음성이
아직도 선명히 들린다면 너는 믿지 않겠지

네 마음을 오래 붙들고 싶었는데 너는 참 어려운 사람이었어
네 앞에 우스꽝스러운 사람이 되는 건 쉬운 일이었는데
그래 너는 참 어려웠다

우리는 깨진 유리 조각처럼 엉망진창인 모습으로
우리 사이에 파편을 넣고 꼭 끌어안았고
그래서 우리가 이별인 걸까

시간이 흘러 네 전화 한 통에 다시 마주한 그 날
우리는 밤새 춤을 추었어
작별의 춤인 줄도 모르고

누워서 마주한 네 눈이 왜 그렇게 슬펐는지
다음 날이 돼서야 나는 알았지
아, 마지막이구나.

홀로 남은 네 작은 방
종이 따위를 찾을 수 없어서
살금살금 찢은 박스 덩어리에 몇 마디 내 마음을 담았지
그 몇 개의 단어가 네게 남겨진 유일한 안녕이야

우리 영영 이별이래도 네가 나를 기억해줬으면 해
서툴렀지만 진심이 아니었던 적 없었고
너를 미워하면서도 사랑하지 않은 적 없었지
거짓말을 늘어놓으면서도 네 품에 안기고 싶었어
우리의 마지막 말고
너를 처음 만난 내 눈동자를 기억해줘
그거면 나는 됐어

성가신 핀잔도
삐뚤어진 말투도
빨간 컨버스도
체크 셔츠도
성당의 마리아도
쓸어 넘기던 머리칼도 손가락도
네 품의 온기도
내가 좋아하던 네 음성도
나는 이제 기억하지 않아
방금 모두 까먹었어

안녕

그리움은 말로써 끝이라 정해도
정말로 끝이 나기 까지는
많은 계절을 필요로 한다.

oh my love

#1

커튼을 치고 온 방을 암흑으로 만든 채로 빨간 조명을
켜자 드럼 소리로 가득한 음악을 틀어 우리의 말소리도 들
리지 않게 해줘 소리 없는 아우성과 한숨 섞인 담배 연기로
만 이 방을 채우자 그러다 소파에 푹 늘어져서는 음악 소리
보다 더 크게 웃어보는 거야

#2

안아줘 심장이 터질 듯이. 말해줘 다정하게, 쉴 틈 없이 떠들어줘. 네게 내가 얼마나 예쁜지 얼마나 사랑스러운지 왜 나를 사랑하는지 우리 사랑의 모양이 어떻게 생겼는지 온종일 말해줘. 툭하면 네게 물었었지 내가 왜 좋으냐고. 그 입에서 나온 말 중에 납득이 가는 건 없었지만 그래도 매일 들어도 질리진 않을 것 같아.

#3

우리 새벽에 도망쳐서는 다시는 돌아오지 말자. 아주 멀리 도망쳐서 돌아오는 길을 까먹어버리자. 안개 낀 새벽의 고요에 하얗게 사라져버리자.

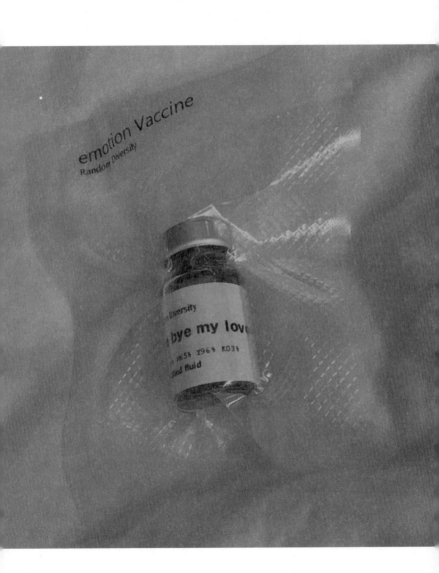

낭만에 대고 맹세해

자극적이고 가벼운 것들엔 흥미를 잃은 지 오래지 않니.
냉소와 염세에 물드는 와중에도 내게 낭만을 보여줘. 낭만
은 우리 사이에 분명 숨 쉬고 있다고 끊임없이 말해줘. 낭
만 없는 낭만에서도 나의 낭만이 되어주겠다며 붉게 타들
어가는 담뱃대에 새끼손가락을 걸고 우스운 약속을 해줘.
다 태운 담배의 마지막 연기가 포효할 때에 나도 기꺼이 너
의 낭만이 되어줄게. 꽤 괜찮지 않을까, 서로의 낭만이 되
어주리라 맹세하는 거.

낭만적인 사람을 기다리는 것은
베란다에 작은 허브를 키우는 일,
예쁜 와인 잔을 두 개 사는 일,
버리지 못한 영수증에 사랑 고백을 하는 일,
체온에 스며 한 몸으로 왈츠를 추는 일.

멸망의 약속

언제든 언제고 죽음 곁에 살아가고 있지만 당신의 칠흑 같은 눈동자 앞에선 죽음에 대한 갈망 같은 건 잊을 수 있을 것 같아요. 내게 지우라 말하시면 영영 지워버리고 소망을 소멸이라 고쳐 적을게요. 나의 내일 보다 당신의 내일을 엿볼 수 있게 해주신다면 나는 삶과 불멸을 택할 거예요. 돌아갈 수 있는 길 같은 것은 모두 잊은 지 오래됐어요. 당신께 가닿을 수 없다면 퇴로 따위는 돌아보지 않고 숨죽여 멸망하기로 약속했지요.

영원

해질녘, 괜히 마주친 눈동자에 두 볼은 발그레해지고 내 심장은 언제부터인지 너와 맞잡은 손에 달려있는 듯해. 우리 걸음걸이마다 길이 펼쳐지고 정처 없대도 너와 계속 걸을 수 있다면 이 순간 얼마나 좋을까. 우리 영원처럼 걷자. 날개 달린 시간 앞에서 애석한 마음은 뒤로하고 영영 세계 속에 갇혀버리자.

당신의 눈에는 은하수가

당신, 왜 아무것도 모르는 얼굴을 하고 투명한 눈망울을 꿈뻑이며 나를 바라보는 거예요. 쏟아지는 은하수를 온몸으로 받아 내는 듯 아찔해요. 눈을 감고 당신께 푹 안겼을 때 코끝에는 달큰한 바닐라향이 돌고 이내 독한 위스키에 풍덩 빠져버린 것 같아요. 큰일이에요. 나는 온통 당신께 취했어요.

영원하도록

사랑이 다 뭐예요.

입을 맞춘다고 우리가 정말 영원할까요.

우리는 사랑하지 말아요.

사랑하지 않으면

그리워할 일도 없고

서로를 미워할 일도 없고

영영 이별할 일도 없대요.

우리 그러니까 멀리서 애틋하기만 해요.

봄날의 왈츠도

여름의 폭죽도

가을의 하늘도

겨울의 온기도

우리 어렴풋이 짐작만 해요.

그럼 우리 마음은 영원할 수 있대요.

그러니 우리 사랑하지 말고 영원하도록 해요.

사랑하는 사람의 이름은 낭만

낭만적인 사람, 자존심 같은 건 중요치 않고 내게만큼은 헌신적인 사람. 그렇다고 넘치지도 않고 잔잔한 여름날의 그늘 같은 사람. 지칠 때 품에 기어들어가 모든 것을 내려놓고 쉴 수 있는 사람. 인생의 모든 순간을 작은 행복으로 채워줄 수 있는 생명력을 가진 사람.

나는 그런 사람이 필요해.

recall memory (why)

나는 왜 계절을 몇 번이나 넘기면서도, 나를 사랑하는 사람들을 수없이 겪으면서도 왜 너만을 마음에 담아두었을까. 왜 떠나보내지 못했을까. 왜 다른 이를 품지 못했을까. 아니, 품지 않은 걸까 나는. 나는 너를 기다렸나? 발신음도 잡히지 않는 너를. 왜 그 계절을 잊지 못하고 기약 없는 기다림을 자처했을까. 대체 무엇이 너를 잊지 못하게 했을까. 머무를 줄 모르는 가을바람처럼 변덕뿐인 나를 오랜 시간 그 자리에 붙잡아 둔 것은 대체 어떤 것이었을까. 그날 밤의 공기가 여전히 손끝에 머물러서였나. 강물에 뒤섞여 잔잔히 흐르던 네 음성이 듣기 좋았나. 불쑥 예고 없는 입맞춤에 밤공기가 달큰했나. 달리는 차들만이 휘청이던 도로에서 나를 품던 네 온기가 따뜻했나. 어둔 밤 옅은 조명 사이로 보이는 네 눈동자가 진실 되어 보였나. 눈물 흘리던 밤들은 모두 잊어버렸나. 가슴에 날카롭게 박히던 아픈 단어들은 그리 쉽게 지워버렸나. 어쩌다 나는 얼룩진 날들은 전부 하얀 거짓말로 만들고 오직 너 하나만을 남겨두었나. 나는 왜 그날을 기억하고 있을까. 어째서 여전히 회신 없는 연서만을 계속해서 쓰고 있을까. 마음에 다른 이 들어 올 구석 조금도 내어주지 않고 여전히 너를 그리는 나는 무엇을 그리는 걸까. 너의 다정, 웃음, 온기, 마음, 사랑 따위일까. 다시는 주어지지 않을 소중한 선물 같은 너를 나는 너무도 어릴 적 다 써버렸다. 너무 가벼이, 찰나에, 금세 보내버렸고 온통 그리움에 빠져버렸다. 그날 밤 당신의 눈에 찰랑이던 낭만을 믿지 못한 대가로 내겐 영영 잊지 못하는 이름이란 게 생겨버렸다.

사랑이 손에 잡히는 형태를 갖추고
마음이 눈에 보였으면 좋겠어
우리는 잡히지 않고 보이지 않는 것에
너무도 쉽게 흔들리니까

(null)

마침표 찍지 않아 아름다운 문장이 있듯
매듭짓지 않아 아름다운 관계가 있다.
그러니 우리는 그냥 우리였던 걸로 하자.
우리 앞에 아무것도 갖다 붙이지 말자.

recall memory

　차라리 우리가 모르는 사람이었다면 당신은 제게 좀 더 다정했을 테지요. 예쁜 웃음도 헤프게 보여주시면서요. 차고 마음이 아릴만큼 무서운 표정이나 상처가 되는 말 따위는 모르고서 그저 목소리가 참 좋은 사람이구나, 했을 테지요. 제가 이 자리에 남아 고작 할 수 있는 일은 제 마음과 당신의 마음은 전혀 다른 방향이었다는 것을 가늠하는 일뿐입니다. 모르는 사람으로 돌아가는 것은 어떨까요. 오래오래 마음에 품어 아파하고 비참해지는 저를 바라보시는 것 대신에, 모르는 사람으로 우리 처음으로 돌아가 다시는 알지 못하게 멀어지는 것은 어떨까요. 가능만 하다면 당장이라도 그렇게 하고 싶지 않나요. 당신을 모르던 때로 돌아가기.

그날 밤.

당신의 눈동자를 믿었다면, 당신 손에 나를 전부 맡겼다면 이야기는 달라졌을까요. 나는 여전히 궁금합니다. 당신과 나 과연 어떻게 됐을지. 현실에 마음이 아프대도, 후회에 밤잠 설치며 괴롭더라도 참으로 알고 싶은 결말입니다.

pain of (love)

#1

넌 내 괴로움의 지표, 절망의 형태, 모든 슬픔의 끝. 당신을 믿지 못한 대가로 영영 그 얼굴을 잊지 못하게 된 것은 너무 가혹한 형벌. 매일 오는 밤마다 처형대에 누워 매질을 당하고 결국 비쩍 말라 볼품없는 사랑만을 쥐게 될 테니.

#2

　나를 사랑한다던 사람들을 다루는 건 너무도 쉬웠지만 너 하나 마주하는 것은 죽기보다도 어려웠다. 눈을 맞추는 것은 먼 꿈속의 일이고 입을 맞추는 것은 죽은 별을 손에 쥐는 일만큼이나 허구의 바람이었다. 남은 거라곤 굳게 닫힌 입가와 갈 곳 잃은 눈동자, 마음이라고 불러도 될까 싶을 정도로 풍화된 그것. 그리고 기대되지 않는 내일. 나의 시간은 거짓이 되었고 너 떠나고 나는 영혼의 절반을 잃었다. 그리움이 짙다. 눈 감는 것 말곤 답이 없을 것 같다.

zero

    미워하고 있다는 것은 아직 애정이 남아있다는 뜻이 아닐까 생각하다 네게 휘둘리는 내가 너무 한심하고 역겨워졌다. 아무것도 남지 않게 전부 지워버리자.

혐오도 미움도 없이 완벽한 제로가 되어버리자.
無를 향해 달려가자.

그리운 것은 죽지 않는다

당신은 꺼지지 않는 횃불인 줄 알았는데
바짝 타오르고 볼품없이 꺼져버리는 성냥이었다.
아니면 제 마음대로 켰다 끌 수 있는 라이터였던가?

어느 쪽이든 나는 큰일이다.
정신 못 차릴 정도로 새빨갛게 데어버렸으니.

연애와 이별로 얻는 것

3년의 연애가 끝나고 배운 것은 사람은 절대 변하지 않
는다는 사실. 내가 무슨 짓을 해도 이 사람의 단점은 변하
지 않는다.

변할게, 고칠게 같은 말을 믿어도 달라지는 것은 없다. 그
저 이별의 연장선을 조금 늘릴 뿐이지. 이제는 아쉬워도 뒤돌
아보지 않는다. 앞으로 더 나아지는 선택을 믿을 뿐이다.

좋은 사람을 만나면 좋은 사람이 되는 거야.
나한테 물들 기회를 줄게.
내게도 좋은 사람이 되어줘.

love you and hate you

연애를 시작하기 전에, 그러니까 당신들의 마음을 받아 주기 전에 항상 중요한 약속 하나를 한다. '사랑이 식어도 괜찮아. 대신 상처만 주지 마. 나 정말 상처받으면 안 돼.' 당신들은 알겠다며 자신하며 손도장을 찍었지만 약속을 기억하는 사람이 없다. 애초에 헛된 약속이었구나 싶다. 내겐 중요했는데. 당신 마음을 받아주지 말 걸 그랬지.

우린 자주 삐걱거리고 같은 곳을 바라보기 힘들었지만 당신을 믿은 결과가 이렇다는 걸 받아들이기 힘들다. 사랑 이 두려운 탓으로 지레 겁먹고 계속 밀어내고 밀어내다 당 신 마음 받아 준 나를 벌하게 되니까. 나를 미워하게 만드 는 당신을 대체 어떤 마음으로 흘려보내야 할까.

이별은 늘 적응이 안 된다. 작은 기대를 걸었던 어제의 나를 죽이고 싶고, 밀어내고 밀어내도 어떻게든 달콤한 말로 나를 손에 넣고 가졌다고 생각하지. 당신들은 날 사랑하는 게 아니다. 정복감으로 나를 소비하기만 할 뿐이지. 이래서 사람이 싫다니까.

더는 사람에게 기대를 걸지 않을 것 같다. 큰일이지. 이렇게 망가지고 싶지는 않았는데.

어차피 이별

    사랑에 대한 집념 하나로 연애를 오래 하는 편인데 요즘 들어 그럴 필요가 있나 싶은 생각이 든다. 애초에 아닌 건 나중가서도 아닌데. 타인의 인생을 고작 연인관계 하나로 얽힌 내가 뭘 바꿀 수 있을까? 그냥 질질 끌다 더 아프기만 하겠지. 우리 이것을 피할 수 없는 이별의 연장선이라고 하자.

내 믿음을 가져가는
모든 것들이 싫어

지나간 이름에게

나는 이제 사랑이 무섭고 두려워. 이건 당신 덕분이야. 내 우울을 전부 가져가겠다며 행복하기만 하라며 손목에 드러난 흉터를 보고 눈물을 흘리던 당신은 사라져버렸고. 나 자신 있게 말할게. 나 같은 사람은 어디에도 없고 당신은 의심 하나로 나를 멋대로 판단하고 스스로 괴로워하며 나를 놓쳤다고.

당신 이름은 내가 꼭 적을 거야. 당신 때문에 평화로운 날들이 깨졌고 너무 힘들었다고. 당신 이름은 꼭 잊지 않을 거야. 우울이 뭔지도 모르는 머저리 하나가 내 인생을 망치려 들었고 정말 성공했다고. 그게 당신 이름이라고.

다 거짓말이야.
난 아무도 해치지 못해.

숨바꼭질

나는 왜 이렇게 서툴까. 왜 진심이란 게 섞여버리면 마음은 내 것이 아니게 될까. 왜 마음 하나를 속이질 못해서 금세 들켜버리는 걸까. 우스운 사람이 되어버리는 걸까. 왜 고개 숙이게 될까 뒤돌게 될까 떠나게 될까.

거꾸로 가는 시계가 있다면

정말 묻고 싶은 게 있었어. 그 날 밤 정말로 나를 사랑했던 거냐고 다리 밑에서의 입맞춤은 진실이었냐고, 아니면 그저 장난이었냐고 정말이지 네게 묻고 싶었어. 아무 감정도 담지 않은 눈동자를 보면서 그래도 너를 붙잡고 묻고 싶었어. 텅 빈 눈동자에 고개를 떨구고 말았지만 말이야. 아마 내 심장을 갈라 마음을 보여준대도 그렇게 피를 철철 흘려 창백하게 죽어간대도 넌 미동도 없을 거야. 그래서 나는 입을 떼지 못했던 거야. 너는 자주 나를 괴롭게 만들곤 해. 모든 게 내 탓 같아 괴로우면서도 투정 한번 받아주지 않던 네게 서러운 마음이 들어서 온통 암흑인 것 같아. 나는 네게 뭐였을까 하고. 어쩌면 내겐 자존심이 상하는 말일수 있겠지만 가슴 밑바닥에 묻어 둘 사람은 너 이외엔 아무도 없을 거란 생각이 들어.

그래, 너를 사랑하지는 않아. 네가 사랑을 입에 담지 말라고 했으니까. 널 그리워하지도 않아. 네가 그걸 원치 않으니까. 그저 나는 너를 마음에 품었던 만큼, 아팠던 만큼 미워하는 일 밖에는 할 수 있는 게 없어. 이렇게 홀로 초라하고 찌질하게 내내 제자리래도 이게 내 숙명인 걸 어쩌겠어. 내가 할 수 있는 일은 이것뿐인 걸. 왜 이렇게까지 아파야 할까. 나를 사랑해주는 사람에게 미안한 마음이 죄책감이 되어 나를 괴롭히고 벗어날 수 없이 점점 커지는 죄악의 굴레가 숨통을 조이고. 네가 아닌 다른 사람을 사랑할 수 없는 것은 너무도 큰 형벌이야. 너를 알고 난 뒤로 난 지옥에 살고 있어. 그 날 네 미소에 마음을 내어준 게 너무나 후회가 돼.

아무것도 고칠 수 없다면 너를 모르던 때로 돌아가고 싶어.

사랑은 어려운 적이 없었다

　A, 넌 나를 헷갈리게 한 적이 없어. 네가 사랑을 말할 때에 단 한 번도 네 사랑을 의심한 적이 없었어. 딱 한 번 그런 적이 있었다면 우리가 이별을 말할 때 세상에서 제일 쉬웠던 네 마음이 처음으로 어려웠지. 이별 이후로 나는 네 마음이 여전히 어려워.

　A, 나는 알아. 어려우면 사랑이 아니라는 거.

도둑

이 생에서 풀어야 할 숙제를 풀지 못한 관계는 어차피 돌아온다고, 우리가 인연이라면 언젠가는 만나겠지 하며 너를 놓을 수 있다면 얼마나 좋겠어. 끝난 관계를 욕심내는 건 도둑질이나 마찬가지라는데 너를 잃어가는 마당에 까짓 거 내가 도둑질 한 번 하면 안 될까.

plastic love

Maria takeuchi의 plastic love는 마음에서 지울 수 없는 곡이 됐음에도 같이 듣던 사람의 이름은 기억도 나질 않는다. 그때도 꽤 많이 울었던 것 같은데. 아픈 것들은 기억에서 사라지면서 음악 같은 뭐라도 남기고 사라지나 보다.

Tatsuro Yamasita를 알게 해 준 사람의 이름도, 추억도 내년 이맘쯤이면 모두 잊힐까 궁금해졌다.

그래 이렇게 다들 잊혀지는구나 하고.

여러 사람들을 겪으면서
내가 어떻게 살아야 할 지,
마치 고장 난 나침반을
조금씩 고쳐나가는 것 같아.
나는 잘 자라고 있어.

사탕

　네가 나를 사랑할 때 주었던 사탕이 아직도 한바구니 남아있다. 사랑을 하나 까먹을 때마다 너를 까먹는 거라고, 다 먹을 때 즈음엔 내 기억 안에 존재하지도 못할 거라고. 매일 아침 한 움큼 쥐어 주머니에 넣고는 하염없이 만지작 거리다 겨우 꺼낸 사탕 하나. 그다음 담배 하나를 입에 문다. 다 피워갈 때 즈음 입안에서 사라지는 네 기억의 조각. 나는 매일 단 사탕을 물고 쓰디쓴 이별을 하고 있다.

세모에게 동그라미가

사랑을 하는 건 쉽지만 상대방이 원하는 사랑을 주는 건 참 어려운 일. 형태가 다른 사랑을 맞대어봐도 어긋나 맞춰지지 않고. 제멋대로 사랑하는 건 그야말로 일방통행이 따로 없는데, 우리는 여전히 그 사실을 모른 채 어설픈 사랑을 하네.

사랑의 모양은 달라서

내가 바라는 건 물질적인 풍요가 아니야. 정신적인 교감과 거기에서 오는 안정뿐이지. 그런데 당신들은 내가 필요한 것들은 외면하고 주고 싶은 것만 내어주는구나. 내가 갖고 싶었던 것 단지 마음 하나였을 뿐인데.

나는 안녕하기 싫어
안녕하기 싫어서 사랑하기 싫어
나는 안녕 지겨워
안녕하고 만나 안녕하고 헤어져
나는 안녕 싫어

사랑은 구걸이 아니다

사랑을 구걸하는 순간 숭고한 사랑의 의미를 변질하는 것이라 결론 내렸다. 그렇게 해서 얻어낸 사랑이라 할지라도 내가 바라던 사랑은 아니리라. 사랑이 구걸한다고 얻을 수 있는 거라면 세상에 이별이란 게 존재할까.

우리가 슬픔을 겪고 성숙한 인간이 될 수 있을까.
사랑의 고귀함을 느낄 수야 있을까.

초행길

이별을 하면서 연인과 같이 왔던 곳은 새 연인과의 장소가 된다. 동시에 켜켜이 쌓였던 추억들도 눈 녹듯 사라지고. 쌓였다는 사실이 사라지진 않지만 분명 흐려질 것이다. 하나 바라건대 앞으로 내가 가는 길은 누군가와 함께가 아닌 나 혼자 찬바람을 맞보고 흥얼거리며 걷던 길로 기억되면 좋겠다.

자각몽

눈을 감았는데도 눈을 뜨고 있는 기분. 꿈이구나 깨달은 순간 원하는 대로 해보자 싶었어. 좋아하는 바다 사진을 집 앞에 두었더니 창밖으로 새하얀 파도가 쳤고 가까이에 가도 몸은 젖지 않았지. 몸이 젖지 않는다니 그게 얼마나 슬픈지. 바위에 앉아있는 부엉이에게 눈인사를 하니 똑같이 화답해주었고 길 위의 점술사에게 인생을 점쳐보기도 했어. 두 개의 카드 중에서 하나를 골랐는데 앞으로 뭐든 잘 될 거라더라! 나머지 카드 한 장은 비극이었어. 얼마나 떨렸는지 몰라. 참 다행이지? 그리고 행운을 가져다준다는 파랑새의 영혼을 받았어. 반투명한 파랑색의 형태가 손 안에서 꿈틀거리는데 아직도 손에 그 느낌이 나는 것 같아. 그리고 하나 더 받았는데 그건 그냥 새의 영혼. 행운이

따르지 않는 그냥 새 말이야. 새들의 영혼을 양손에 쥐고 바로 너를 찾아갔어. 내가 꿈속에 들어온 이유는 너 하나였으니까. 그런데 네 얼굴을 본 지 오래돼서 그런지 자꾸 애먼 얼굴들이 너라고 등장하는 거야. 이러면 안 되거든. 너를 볼 기회가 왔는데. 그래서 네 얼굴을 머릿속으로 그리면서 같은 골목을 돌고, 또 돌고, 네가 나올 때까지 빙빙 돌았어. 초조한 마음으로 한 스무 바퀴쯤 돌았을까? 드디어 너를 만날 수 있었지. 너를 보자마자 내가 좋아하는 파도 앞으로 데려갔어. 파도가 바위에 부딪히는 모습을, 하얀 포말을 보여주고 싶었거든. 그리고 말 없는 네게 물었지. 어떻게 하면 우리가 예전처럼 돌아갈 수 있냐고.

"그런 방법은 없어"

너는 참 단호하게 말했어. 나는 숨도 고르지 않고 바로 반문했지.

- "그래도, 그래도 방법이 있다면?"
"미안하다고 100번은 말해"
- "그런 건 아무렴 할 수 있어. 그리고?"
"그리고 무릎 꿇고 사과해"
- "넌 내가 무릎 꿇는 게 보고 싶어?"
"나도 늘 너한테 무릎 꿇었잖아"

말문이 턱 막혔어. 눈물을 흘리며 매번 나를 잡아두던 네 무릎이 생각났거든. 내가 어떻게 그런 걸 하나 싶다가, 그래 너도 쉽지 않았겠구나 하는 생각이 들었어.

"무릎 꿇으면 우리가 예전처럼 돌아갈 수 있어?"
- "글쎄…. 그럴지도 모르지"

여전히 우리 사이엔 보이지 않는 자존심이 널뛰더라. 정적이 맴도는 짧은 대화를 마치고 너를 봤어. 하얀 피부에 맑고, 때 묻지 않은 눈. 예쁜 입술…. 오랜만에 마주하는 네 얼굴. 만지면 사라질 것 같아서 눈으로 사진을 찍는 것처럼 하나하나 소중하게 담았어. 정말 보고 싶었는데 이렇게라도 봐서 참 좋았다. 한참을 네 얼굴만 보다 이제는 꿈속에서 일어나야지 하고. 사실 영원히 잠에 빠지고 싶었지만 모험은 이제 끝을 내야지. 손에 쥐고 있던 새의 영혼을 번갈아보다가 주저 없이 파랑새의 영혼을 네 손에 쥐어주었어. 이대로 눈을 뜨면 끝인 걸 알아서 안녕 하고 소리 내고 싶진 않았어. 그래서 말없이 미소로 인사했지. 언젠가 너도 꿈에서 나를 본 적이 있을까? 그게 꿈에서 마지막으로 너를 본 날이야.

그래서, 내가 준 파랑새는 잘 받았어?

파랑새야

너를 다시 만나면 말해주고 싶었다. 너를 꿈에서 만났고 작은 파랑새를 네 손에 쥐여주었다고. 나는 너를 여전히 그리워하고 원망한다고. 그리고 나는 그때 보다 담배를 더 잘 피우게 됐다고.

그리운 사람은 어디에나 많고
마음에 언제나
도망칠 구석을 만들어 놓는 것은
살면서 생긴 습관 같은 것.

우리의 시간이 엇갈린 순간부터

시간은 흐르면서 좋은 기억들만 남기는 재주가 있던가?
나는 왜 늘 용서가 이리도 쉬운 사람일까. 그렇게 밉던 사
람이 요즘 따라 왜 이렇게 그리운지 모르겠다. 당신도 나를
그리워하고 있을까. 마음이 엇갈리면 인연이 아닌 거겠지.
당신이 나를 그리워할 때 나는 떠나있었고 내가 당신을 그
릴 때 당신이 없구나. 같이 담배 하나 피우던 게 뭐라고 그
렇게 그리운지. 차 안에서 나누던 얘기들이 뭐라고 그렇게
소중한지. 이제 와서 네가 왜 이렇게 보고 싶은지 몰라.

이상과 현실

세상 모든 것을 가진 것 같고, 달이나 별을 따다 줄 수 있을 만큼 어떤 일이든 할 수 있을 것 같다가도 저울 한 쪽이 기울어지면 그렇게 쉽던 사랑도 마침내 어려워진다. 기울어진 저울에 이름을 붙이자면 이상과 현실의 충돌.

새빨간 거짓말

　나를 향한 간절하던 마음은 새빨간 사탕인냥 혼자 까먹
어버리고 당신은 왔던 길로 되돌아갔다. 당신은 그렇게 혼자
가 된다. 까먹은 마음이 당신을 배부르게 했는지 고프게 했
는지 나는 궁금하지 않다. 나와의 단잠은 어쩌면 당신에게
과분했는지도 모른다. 순정을 잃은 당신에게 단잠은 사치다.

불완전 용서

사랑에 인연이 다하면 시간이 도와주곤 하잖아. 우리가 저지른 죄악을 용서할 수 있도록 말이야. 근데 너는 안 될 것 같아. 내 인생에 발도 들이지 못할 단역이었던 너를 주연으로 꽂아줬더니 악역으로 되갚았잖아. 그래서 내 생각에는 시간이 아무리 흘러도 너는 용서가 안 될 것 같아.

늘어진 감정을 잘라버릴래
도마뱀처럼 꼬리를 자르고
이대로 도망간대도
내일이면 새로 자라날 거야

나의 종교, 나의 사랑

줄곧 기다리던 진정한 사랑은 당신일 거라는 맹목적인 믿음으로 교리를 쌓고 당신 하나만을 숭배했어요. 교리에는 어느 하나 합의되지 않은 저를 위한 문장으로 가득했고요. 당신께 기도 한 번 드리지 않고서 제 마음대로 종교로 세워 사랑을 갈구하곤 했어요.

저처럼 이기적인 신자가 또 있을까요?

절벽

곧 무너질 것 같은 절벽 끝의 사랑을 동경한 적이 있다. 내가 아프면 당신께 피가 나야 했고, 내 마음에 멍이 들면 당신 가슴팍은 부서져야 마땅했다. 당신께 향하는 그득하다 못해 버거운 감정이 넘칠 거라고는 생각하지 못했다. 감정의 아슬아슬한 곡예, 그 짜릿함이 사랑이라고 착각했었으니까. 넘치고 엎어져 엉망이 된 유리잔의 모양새가 어린 눈에는 그럴싸해 보였는지도 모르겠다. 서로의 심장을 터질 듯 쥐는 것이 자해였다는 것을 나는 몰랐던 거지. 마음을 쥐고 흔드는 건 나뿐만이 아니었는데.

이 사랑을 어떻게 끝내야 하나. 엉망진창 달려가는 와중에 내게는 믿는 구석이 있었다. 어딘가에서 본 영화의 마지막 장면처럼 새벽이 지나 해가 뜨면 우리는 태양의 단죄마냥 흔적도 없이 사라지고 다른 사랑으로 구원받을 거라는 착각. 그리고 그 착각이 우리가 받고 있는 앞으로도 갚아야 할 벌이다.

사랑과 이별이 남긴 것

　사랑과 이별을 반복하면서 더 나은 사람이 된다고 나는 믿는다. 사랑하는 법을 배우는 것과는 별개로 지난날의 과오에 대한 반성도 따르니까. 과연 사랑은 가장 좋은 인생 공부가 아닐까. 그래서 난 사랑을 멈추지 않는다. 당장의 이별은 먼 미래의 이야기 같지만 분명 아픈 만큼 배우는 게 있을 거야.

살면서 흘러가는 대로
보내주어야 할 것들이 너무도 많다.
나는 그저 멀어지는 뒷모습을 보며
쌉싸름한 마음으로 멋쩍은 미소를
보이는 일 밖에는 할 수 있는 것이 없고.

회신은 기다리지 않아

나를 신뢰하고 존중해주는 사람을 만나고 싶다. 당연한
거라 생각했는데 현실은 이상과 많이 어긋나있더라고. 당
신은 언제고 후회하고 돌아오면 나를 찾을 수 있을 거라고
생각했을까. 나는 누구의 마음 따라 흘러가 주는 사람이었
던 적이 없었는데. 이별 후에 반성할 시간을 줄 만큼 고분
고분한 사람도 아니고. 내 손으로 나를 죽이는 길은 두 번
은 가고 싶지 않네. 한 번 겪은 것도 버거웠으니. 내가 믿고
의지할 사람은 나밖에 없다. 그걸 이제야 알아버렸지. 이
말을 새기고 당신 삶을 살아. 그리고는 나를 잊어줘.

내 머리칼도, 숨소리도, 당신을 보며 웃던 표정도.

모르는 마음

그 애가 보고 싶은 건 아니지만 그 애가 내게 쏟아 붓던 헌신적인 마음은 그립다. 내가 무슨 짓을 해도 부메랑처럼 돌아오던 그 애의 마음. 나는 아직도 그 마음이 어떤 마음인지 모른다.

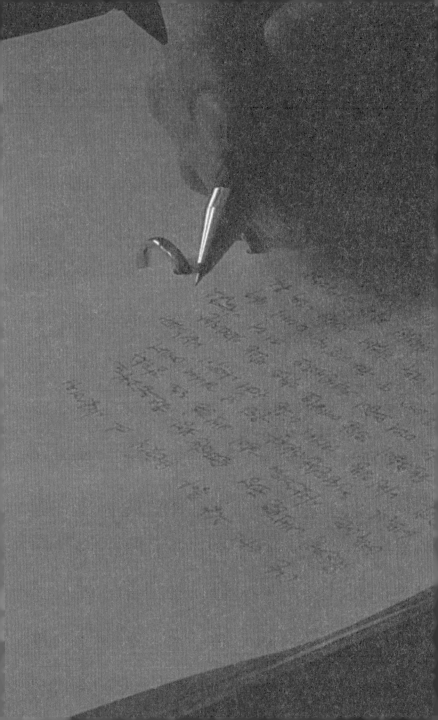

빌린 꿈

한낮에 우리는 밤을 꾸었습니다. 꿈을 빌린 우리는 손을 맞잡았고, 달빛만이 고요한 숲을 나란히 걷고, 짙은 블루를 토하는 파도 앞에 하얗게 부서지기도 하고, 밤하늘을 한참 바라보다 손끝으로 별자리를 만들기도 하고.

그러다 찾아온 밤의 끝에서 서로의 입술을 포개었지요. '잘 자'라는 말로 빚진 꿈은 돌려주게 되었지만 뭐 어떤가요? 어제에 우리는 거기 있었는데.

어제에 우리는 세상에 단둘 뿐이었는데.

불나방

엄마가 말하기를 인간관계에 있어서 발을 한쪽만 담그면 나중에 상처를 받아도 그 피해가 적다는데, 나는 그렇게 어중간하게 누구를 사랑할 자신이 없네. 미워하게 되는 일이 있더라도 이 순간 온 힘을 다해 사람을 사랑해야 나는 살아갈 수 있을 거야. 겁먹지 마. 억지로 쥘 수 있는 것은 어디에도 없고, 출렁이는 파도에 몸을 맡기다 보면 어느새 나를 가득 채우고 있어. 온몸으로 부딪히고 마음껏 사랑하자. 젊음은 언제나 오늘이 마지막이니까. 문득, 불만 보면 달려들어 한순간에 타죽는 불나방의 마음은 어떤 마음일까 하면서, 후회 없이 사랑할 수 있는 우리의 마음을 위해서.

river run

　되돌릴 수 없는 시간이 속절없이 흘러간다 되돌릴 수 없는 시간이 속절없이 흘러간다 되돌릴 수 없는 시간이 속절없이 흘러간다 되돌릴 수 없는 시간이 속절없이 흘러간다 되돌릴 수 없는 시간이 속절없이 흘러간다 되돌릴 수 없는 시간이 속절없이 흘러간다…. 하릴없이 흘러간다 붙잡을 수도 매만질 수도 없는 시간들이 흐르고 있다 내가 할 수 있는 거라곤 떠나는 시간들을 그저 지켜보는 일 젊음은 빠르게 흘러가는데 사랑도 그 뒤를 좇아 하릴없이 사라지는구나

　너와 생의 도피를 꿈꾸던 맹목의 나는 어제에 죽어버렸고, 네가 주는 낭만을 폐에 가득 들이키고 싶었던 나는 길

을 잃었다. 네 말간 얼굴과, 네 음성만을 담고 싶었던 것은 욕심이었나. 나의 눈과 귀는 멀었다. 앞으로 사랑을 느낄 수나 있을까. 몇 밤이 지나야 지워질까. 시간아 가여운 내 마음을 위해서 세차게 흘러주렴.

내기

나는 비열해
뻔히 보이는 신호 앞에서 파란 불로 바뀌면
너를 만날 수 있다고 맹세하고
바닥의 하얀 부분만 밟으면
너를 만날 수 있다고 맹세하고
성당의 마리아를 만나면
너를 만날 수 있다고 맹세하고
검정 옷을 입은 사람을 보면
너를 만날 수 있다고 맹세해
어느 날은 숨을 1분 이상 꾹 참으면
너를 만날 수 있다고 맹세해
나는 비열해
널 두고 나는 투명한 놀음을 해
고개를 들면 네가 있을 거라고
나는 매일 말도 안 되는 놀음을 해

사랑하는 S에게

　내가 네게 특별한 사람이래도 언젠가 내가 특별하지 않은 순간이 올 거야. 흔할 것 같고 재미없는 사랑 같은 거. 그런 때가 오면 지금 내 말을 기억하는 거야. 그리고 떠올려봐. 택시 안 차창 밖에서 불어오는 바람의 온도가 어땠는지, 가을밤 공기가 얼마나 달큰했는지, 옆자리에 앉아 널 바라보는 내 눈빛이 얼마나 애틋했는지, 우리 맞잡은 손은 얼마나 따뜻했는지.

　2020/10/31 PM 03:01

인간은 혼란스럽다

인간 본연의 외로움
이해받을 수 있다고 생각했지만 엄청난 착각
어딘가에 나를 숨겨 줄 품 하나쯤 있겠지 싶었지만
외로움이 다시 시작되었다

수많은 인파 속에서 찾은 한 사람
그 사람마저 정답이 아니라면
나는 이제 어디로 향해야 하나
울고 싶어 혼자서는 싫어

사랑이 아니야

우리가 왜 사랑이야. 우리는 사랑한 적 없어. 우리는 실패만 했어. 껍데기만 남은 맹세를 봐. 허울만 좋았던 쓰레기 조각을 우리는 고작 실패하려고 가을바람에 속았어.

가을바람에 껴안고 가을바람에 바스라졌어.
그렇게 쉬운 실패를 우리는 사계절이나 했어.
우리는 사랑 아니야 우리는 실패의 증인이야.

당신, 악몽을 꾸세요.

그간 제가 그랬던 것처럼. 불안에 떠세요.

지나간 저의 매일처럼. 슬퍼하세요.

밤새 제가 울었던 것처럼.

타이밍

　너무 늦으면 그때에는 내가 없고 나 같은 사람은 세상에 나 하나밖에 없다는 사실을 너는 알까. 얼마나 더 세월이 흘러야 알게 될까. 가끔 헷갈리기도 한다.

　내가 철이 없는 건지 네가 철이 덜 든 건지.

라이터

지난 연인의 추억이 담긴 사진을 태우는 것은 연례행사다.

1년 정도 품고 있다가 남아있던 추억이 바닥나면 가치를 멸하고 싶은 마음이 생긴다. 별건 없다. 매캐할 줄 알았지만 달고나 냄새가 나는 기억의 끝자락. 활활 탈 줄 알았던 사진은 느릿하게 타들어 가고 그냥 잘게 잘라버릴 걸 하는 후회 같은 것들이 남는다.

會者定離去者必返

살면서 누구나 겪지만 누구나 피하고 싶은 이별의 슬픔을 생의 원리로 이해하고 감내하는 덤덤한 목소리가 마음에 든다. 이별이 있으면 만남이 있고 만남이 있으면 이별이 있는 것은 당연하지 않던가. 거스를 수 없다는 것을 알면서도 왜 그렇게 떠나는 것에 목맸는지.

당신 뜻대로

　기억 저편에 있던 우리를 네가 꺼내서 부활시켰고 네가 다시 버렸어. 나는 너로 인해 재기억됐고 너로 인해 소멸됐어. 뭐 하나 내가 원한 것들이 없는데 나는 네 뜻대로 꺼내졌다가 버려졌다가 첫 시작도 마침표도 내 마음과 의지는 조금도 들어간 것 없이 오로지 네 마음대로.

이별에 관하여

이별이 힘든 이유는 10년 치 사랑을 쏟아 부은 단짝친
구가 하루아침에 사라져버렸기 때문일까. 매일 내 아침을
시작하던 네 메시지가 없다. 어제에는 있었는데 오늘은 없
다. 우리가 환하게 웃고 있던 사진도 네 이름 앞에 붙던 다
정한 별명도 오늘은 없다. 아니, 오늘부터 없다. 너 떠나고
무료한 하루가 시작됐다.

하얀 천장을 바라보며 생각했다.
우리는 사랑이었을까.

하나 욕심을 부리자면 불안정했지만 진심이 아니었던
적 없었고 그래서 멋지고 용감했으며 다정이 바닥나도 다
정했고 그리하여 고통 속에서도 빛나고 찬란한 사람이었다
고 오래오래 기억되었으면.

소원을 빌었어

샛노란 개나리가 피어있는 길을 따라 자전거 바퀴를 굴리는 당신 뒷모습을 열심히 따라간다. 강바람은 당신 목덜미를 간신히 덮은 머리카락을 매만지고는 당신의 몸내음 머금어 내게 다시 불어온다. 봄바람이 이렇게 달큰했던가. 내 리듬에 맞춰 천천히 바퀴를 굴리고 내가 잘 따라 오는지 보는 옆 모습이 얼핏 보인다. 당신 얼굴이 잘 보이지 않아도 나는 그때에 사랑이라고 느꼈다. 그 뒷모습 영원히 기억하고 싶다는 생각이 들었거든. 당신은 무슨 생각을 하며 바퀴를 굴렸을까. 우리 이렇게 따뜻한 봄날을 몇 번이나 함께할 수 있을까. 부디 남은 생 모두를 함께 할 수 있게 해달라고 신께 빌었다. 내년에도 내후년에도 강가에서 꽃노래 부르며 사랑할 수 있게 해달라고.

너를 잊으려고 발버둥 쳤던 시간들
너를 잊으려고 만났던 사람들
그리고 너를 토해낸 모든 문장들

더는 하나가 되었
잎배 띄우며 사랑으
네는 지금은 어디있
있어서 기다리는 니
생명 다하기 전에
와요 사랑님아 쯸

이 흐르는 사자에

chapter 2

어떻게든 살아보려고 했던 흔적들이
여기에 고스란히 남았다

Depression

가끔 그냥 내가 죽었으면 좋겠어
내가 해결할 수 없는 아픔들이 너무 많거든

슬픔이 질병이라면
난 이전에 이미 죽었을 텐데

하나도 행복하지 않은 나는 어쩌다 그냥 죽어버렸으면 좋겠다. 자다가 가스가 샜으면 좋겠고, 차를 타면 교통사고가 났으면 하고, 걷다가 심장마비가 왔으면 좋겠고, 갑자기 뛰어내릴 용기가 생겼으면 좋겠고, 내가 서 있는 땅이 갈라졌으면 좋겠고. 아무 생각도 고민도 번뇌도 슬픔도 혐오도 없이 흐르는 강물처럼 부는 바람처럼 정처 없이 향하고 싶다.

슬픔이 질병이라면 난 이전에 이미 죽었을 텐데.

black dog

　내 우울의 실체는 뭘까. 구질구질한 일상. 인간의 이중성. 그로 인한 끝없는 고독. 과거의 트라우마. 아빠의 병환. 들이켜도 들이켜도 부족한 낭만. 채워지지 않는 결핍. 외로운 마음. 관심 없는 인간들. 애매한 재능. 불투명한 미래. 지레 겁먹고 놓쳐버린 기회들. 없어선 안 되는 약봉지. 끝없는 치료. 그래서 답 없는 나. 선생님은 분명 말씀하셨다. 내가 개입해서 해결할 수 없는 것들은 쥐고 있지 말고 놓아버리라고. 한데 이것들을 놓아버리면 내 삶에 남는 거라곤 그저 나약한 덩어리뿐일 텐데. 놓는다고 내가 안정을 찾을 수 있을까. 혐오하는 것들이 내 눈앞에서 사라지고 이 축축한 삶에서 벗어날 수 있을까. 놓는다고 해결이 된다면 진즉에 놔버렸겠지. 매일 밤 고독에 파묻히고 끝없는 생각의 굴레에 갇혀버리게 되는 것을 내가 어찌 감당할 수 있을까. 선생님은 도대체 무엇을 놓으라 하신 걸까. 내가 모르는 진리 같은 걸 선생님은 알고 계시는 걸까. 놓아버리면 모든 게 해결이 될까. 나는 여전하고 이 모습 그대로일 텐데 뭐가 달라질까. 내가 달라질 수는 있는 걸까. 나는 달라진 적이 한 번도 없는데. 품고 품어 겨우 이만큼 살게 됐는데. 내가 놓을 수 있는 건 나 하나뿐인데.

찌그러진 거울

매일 아침은 죄악이고 매일 밤은 고해였다. 아침이면 피를 토했고 밤엔 영문 모를 눈물이 터졌다. 생은 늘 이중성을 띠고 고통의 연속성을 전시했다. 잠시 맛본 행복은 쥐어도 쥐어지지 않고 금세 달아나버렸고 대가로 더 큰 불행을 데려왔다. 인간은 덧없고 오만하여 환멸을 품었고 인간을 보면 거울을 부수고 싶었다. 찌그러진 거울은 찌그러진 거울을 낳았고 그 거울은 또 찌그러진 거울을 낳았다. 거울을 보면 혐오스런 인간이 있었고 그 인간이 곧 나였다. 날아갈 수도 나아갈 수도 없는 채로 눈알이 달린 족쇄를 달고 멍하니 창밖을 응시했다. 내 마음은 매일의 어제에 풍화되고 있다.

절여진다 외로움에.

지독한 고독의 가장 밑바닥으로 가라앉았고

누구도 탓할 수 없는 나의 슬픔과 공허는

멀리 달아나지 못한 나를

끈질기게도 다시 찾아왔다.

이상할 것 없는 죽음

.

우울은 회복하기 쉽다. 맛있는 음식을 먹거나 사고 싶었던 것을 사거나 귀여운 고양이를 보면 행복해진다. 하지만 나아지는 건 잠시뿐. 불행으로 태어나 불행으로 죽는 이는 삶에 애정을 가지기 힘들다. 잠시 맛본 행복은 금세 사라지고 고작 찰나의 행복을 거머쥐겠다고 이렇게 아등바등 살았나. 태어나고 싶어 태어난 것이 아닌데 살아있다는 이유로 사는 것을 강요당해야 한다. 삶은 언제나 슬픔과 고뇌로 가득 차있고 단 하루도 마음 편한 날이 없다. 걱정 없이 잠에 드는 것은 아주 어릴 때의 기억에만 머물러 있다. 아주 어렴풋이 소중한 기억으로.

이따금씩 찾아오는 불행은 나를 담금질하여 강하게 만든다 생각했지만 사실은 죽으라 죽으라 속삭이는 것 같다. 처음에는 내 안에 아주 작은 바람이 불었는데 점점 몸집을 키우더니 이제는 나를 통째로 흔들어 놓곤 한다. 나의 완벽한 패배다.

우울은 나를 집어삼키더니 가족과 친구들에게도 그 더러운 손을 뻗었다. 때문에 입을 꾹 다물고 스스로를 난자했지만 오히려 그 덕분에 우울과 한몸이 되어버린 것 같다. 내 이름이 우울이던가? 우울이 내 삶이던가? 이제 나는 삶에게 더는 바라는 것도 없고 버틸 기력도 없다. 죽으면 그간 지나쳤던 삶의 흉터들을 기억하지 못할 테니 그 또한 얼마나 축복인가. 죽은 뒤의 일은 궁금하지 않지만 슬퍼할 부모님의 얼굴은 궁금하다. 그들은 나를 사랑했지만 대책 없이 나를 세상 밖으로 꺼냈고 너무 많은 시련과 고통을 감내하게 했다. 강하게 크는 것이 멋진 일인 것 마냥.

시련을 극복하고 강한 인간을 증명하는 것이 내 사명인 것 마냥. 무너질 때마다 엄마는 내게 신이 하는 담금질 이야기를 했다. 신이건 부모건 무슨 권리로 내게 그런 사명을 부여했는가. 그들을 사랑하고 또 증오한다. 바라는 것은 사랑과 평화 그뿐이었는데 그마저도 넘보지 못할 욕심이었나 싶다.

이별이 지겹고 사람이 성가시다. 기대될 것 없는 매일. 안정을 찾아 헤매며 불안에 떨며 살아가는 것은 더 이상 가치가 없다고 여겨졌다. 사람은 태어나고 죽는다. 아이는 노인이 되고 노인은 죽는다. 나는 노인이 되기도 전에 노인이 되었고 일찍 떠날 뿐이다. 참으로 이상할 것 없는 죽음이다.

숨을 참는다고 물고기가 될 수는 없다.

커튼 속의 외로움

햇빛은 저렇게나 찬란하고 풀 내 머금은 바람은 달게 나부끼는데 새가 지저귀고 느리게 흘러가는 구름은 더할 나위 없이 평화로운데 창밖에 시선을 두고 싶지 않아 자꾸만 커튼을 친다. 우리가 사랑하던 누군가가 사라져도 세상은 아무 일 없었다는 듯 무정하게도 흘러가는구나. 나는 아마 살아도 죽어도 세상에 기별 하나 못 끼치겠지. 매일 아침 눈을 뜨면 밤이 찾아오기만을 기다린다. 거리에 하나둘 인기척이 사라지고 어둠이 깔리면 이제 서야 고요함에 파묻힌다. 드디어 내가 멈춰있어도 괜찮을 것 같은 세상이 온다.

자, 이제 커튼을 걷어도 좋아.

시계는 계속해서 흘러간다
내 마음도 모르고

시계의 숫자가 바뀌는 것을 한 시간 넘도록 보고 있다.
34분, 35분, 36분

시계의 빛만 남아 방 안에 시계와 나만 있는 것처럼
시간의 일부가 되어 갇힌 거라면 얼마나 좋을까
시계가 두 개로 보이다가 그 간격이 멀어지기도 하고, 다시
초점이 맞아 하나가 되기도 하고.
시계는 분마다 모습을 바꾸는데

방 안에 나는 어제의 모습 그대로
내일도 나는 오늘 같겠지.

minus 2

'눈은 눈으로 이는 이로 갚으라 하였다는 것을 너희가 들었으나 나는 너희에게 이르노니 악한 자를 대적지 말라 누구든지 네 오른편 뺨을 치거든 왼편도 돌려대며 또 너를 송사하여 속옷을 가지고자 하는 자에게 겉옷까지도 가지게 하며 또 누구든지 너로 억지로 오리를 가게 하거든 그 사람과 십리를 동행하고 네게 구하는 자에게 주며 네게 꾸고자 하는 자에게 거절하지 말라 네 이웃을 사랑하고 네 원수를 미워하라 하는 것을 들었으나 나는 너희에게 이르노니 너희 원수를 사랑하며 너희를 핍박하는 자를 위하여 기도하라'

어느 밤은 깊은 고해였다. 나를 아프게 한 모든 것들을 내가 용서하기를, 그리하여 내 마음에 전쟁이 끝나 평화가 찾아오기를 나의 신에게 빌고 또 빌었다. 그렇게 매일 밤 울분을 토하며 기도하다 보면 용서가 될 줄 알았다.

어느 밤은 분노에 휩싸였다. 어찌 원수를 사랑하며 나를 핍박하는 자를, 나를 이 고통에 몰아넣은 자를 위해 기도할 수 있단 말인지. 이게 나의 신이라면 당장이라도 버림받고 싶었다. 그 길로 신부님께 찾아가 내 마음을 어떻게 하면 좋겠느냐고 따져 물었다. 주님은 어떻게 저를 아프게 한 것들을 용서하라 말씀하실 수 있습니까. 주님은 제 고통을 헤아리지 못하십니다. 제 미움은 제 것이 아니고 원수의 산물인데 그것을 어찌 용서와 기도로 삭히라 하실 수 있습니까.

"미워하는 것은 죄가 아니지만 미움을 행동으로 옮기는 것은 죄악이다."

그날 체기어린 분노를 토하던 내게 신부님이 해주신 말씀이었다. 오직 그 말씀뿐이었다. 고해를 끝내고 보이는 아무 곳이나 주저앉아 얼굴을 손에 파묻고 얼마나 울었는지 모른다. 마음속에서는 축제인지 파멸인지 모를 난리가 일었다. 씨발, 주여. 내 고통을 이제야 조금은 살펴주시는 겁니까. 원수를 미워해도 된다. 씨발. 씨발. 씨발. 나, 너를 향한 미움을 전시하되 그것을 행동으로 옮긴 적이 없다. 네가 불행하도록 간절히 기도한 적이나 있나. 네가 죽기를 바란 적도 없다. 그저 절대 용서하지 못한다 되뇔 뿐이었다. 눈 물지은 날만큼이나, 아니 그 몇 배만큼 사죄를 받는 상상. 그래 씨발 참 소박한 상상. 내가 그나마 선한 편에 서 있는 것이 너에겐 천운이 아닐까 진지하게 생각해봤다. 너를 미워하느라 날마다 내 마음이 전쟁 같을지라도 너를 향한 미움은 계속되어야 한다. 그래야 내 숨통이 조금은 트일 테니. 미움을 행동으로 옮기는 것은 죄악일지라도 미워하는 것은 죄가 아니라 하였으니, 나는 너를 계속해서, 계속해서 미워하리라. 그래 봤자 내가 할 수 있는 건 그것뿐이니. 좋 겠다고 넌. 나 같은 애를 피해자로 둬서. 평생 알지 못할 티 도 안 나는 미움만을 받고서 죄책감 없이 살아갈 수 있어 서. 그래. 씨발, 참 좋겠다고.

선생님께 #1

선생님. 저는 병들어가고 있습니다. 덧없는 관계에 마음을 쏟아 온몸이 투명해지고 있습니다. 자아라고 불릴 만한 것이 소멸하고 있다는 느낌을 강하게 받고 있습니다. 저는 어떤 것에 의지해야 하나요. 이렇게 유약한 저는 도대체 무엇에 의지하여 살아가야 하나요. 아이러니하게도 혼자 삶을 살아갈 때 평화를 얻습니다. 약봉지를 쥐는 순간은 제 삶에 타인이 들어왔을 때뿐입니다. 날카로운 목소리를 들을 때, 혐오스런 얼굴과 독대를 할 때, 누군가와 함께 라는 단어로 묶여있을 때 저는 병이 듭니다. 인간에게 병들어가는 저는 인간과 아무런 접점 없이 살아가려 노력하곤 했습니다. 고독했지만 오히려 저는 그쪽이 편했습니다. 하지만 인간 본연의 외로움이라는 변수는 생각하지 못했던 것입니다. 그렇다면 저는 어찌해야 합니까? 인간 틈에서 끊임없이 병들어가면서도 외로움을 채우고 다시 그들을 떠나고 고독에 사무치다 인간 주위를 맴돌고 다시 영영 떠나버리고. 이것이 제가 겪어야 하는 숙명이란 말입니까?

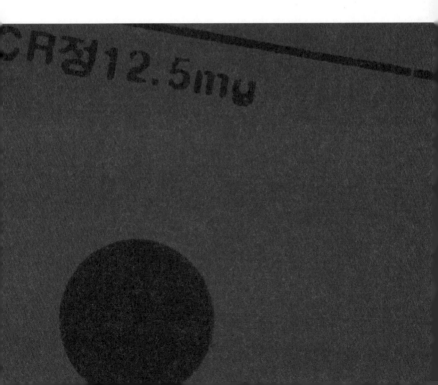

선생님께 #2

선생님. 얼마 전 바보 같은 짓을 했다고 고백했었지요.
생을 끊는 것이 해답이라 생각했었다고요. 옥상에 올라가
문고리를 돌리는데 열려있을 리가 없지요. 대차게 나서놓
고 그저 먼지만 한 움큼 잡고 온 제 손을 보니 분에 못 이
겨 저를 괴롭혔다고요. 선생님, 상처는 전부 아물었는데 흉
터가 남았습니다. 기대어 누우면 눈앞에 붉게 남은 선들이
보여 마음을 어지럽히곤 합니다. 괜히 손목을 비틀어 주먹
을 꽉 쥐어보고 약을 발라주며 미안하다 나지막이 말을 걸
어도 봅니다. 흉터가 안 보일 때쯤 다시 흉터를 만들기까
지 5년. 선생님, 저는 5년을 더 살아냈는데 새 흉터는 조금
도 변한 것이 없다는 증명일까요? 앞으로도 저는 이 모양
이 꼴일까요? 이 선들은 결국 목을 타고 올라와 저를 옭아

맬까요? 선생님, 입에 약을 한가득 털어 넣고 시작하는 오늘도 제가 지겹습니다. 생의 가치를 모르겠습니다. 숨을 유지해야 하는 이유를 도무지 알 길이 없습니다. 선생님을 세 번째 만난 날 약속드렸지요. 흘러가는 강물처럼 살겠다고요. 약속은 지킬 수 있을 것 같습니다. 다만, 어디로 흘러가는지 종착지는 저도 모르겠습니다.

선생님께 #3

선생님. 저는 역시 우울하지 않으면 안 됩니다. 안온한 순간에서는 단 한 글자도 쓰지 못하는 저는 우울에 치달아야만 해요. 선생님 저를 어떻게 하면 좋을까요. 마냥 가볍게 살고 싶다가도 글을 쓰고 싶어요. 글을 쓰고 싶어지면 어떡해야 하지요. 제 발로 우울 속으로 걸어 들어가야 합니까. 우울과 싸우라니 제가 그것을 이길 수 있을까요. 그러다 정말 이겨내 버리면 제가 대체 어떤 글을 쓸 수 있겠어요? 밤새 두통에 시달리게 하는 것들을, 어깨를 짓누르는 것들을, 너저분한 생각들을 전부 내려놓고 가벼이 살아가는 것이 내게 행복을 가져다줄까요? 복잡하고 예민해도 저는 이대로야 해요. 모든 것에 마음을 싣고 번뇌하는 제 모습도 사랑하라고 하셨잖아요. 아픔을 느끼고 눈물을 흘리고 생각을 하고 글을 쓰는 것. 계속해서 이어져야 해요. 아마도 제 목을 옭아맬지도 모르겠어요. 하지만 제 우울은 마른 땅에 단비 같은 아이러니함을 갖고 있어요.

선생님께 #4

　선생님 오늘은 할 말이 없습니다. 그간 무슨 일이 있었는지 말하고 싶지 않고 사실 기억도 잘 나지 않아요. 제 글도 보여드릴 수 없어요. 저는 좋아졌어요. 괜찮아요. 이전보다 불안에 떠는 일이 없어요. 감정이 죽어버린 것 같긴 하지만요. 그런데 그게 저한테 뭐 문제가 되겠어요? 의자가 차고 딱딱해요. 더 할 말도 없고 피곤하네요. 집에 가서 자고 싶어요. 그러니 아무 말 않고 그냥 보내주세요. 정말 죽지 않을게요. 어서요.

처음 느껴보는 충만함이
마냥 행복하지는 않다.
정교하고 아름다운 유리는
언제나 깨질 준비를 하고 있으니
불안은 늘 상주하고. 행복한 만큼
두려움은 내 몫.
내가 이번엔 꼭 견디고 말지.

순백의 피해자

　뉴스에 나오는 사건들이나 우리네 삶에서 일어나는 일들에 있어서 피해자와 가해자가 명백히 보이는 와중에도 언론과 사람들은 피해자에게만 엄격한 잣대를 들이민다. 사건에 있어 얼마나 청렴결백한지, 살아온 인생 전반은 얼마나 선량하고 깨끗한지, 그리하여 '순백의 피해자'에 부합하는지를 낱낱이 공개하여 평가한다. 아무리 결백을 주장해도 조금의 결점이라도 보이면 가해자보다 더한 범죄자 취급을 하려는 것처럼. 사람들은 피해자가 순백하기를 바란다. 그에 반해 우리는 가해자에게 그만한 관심이 없다. 그러려니, 그런 인생이겠거니 하며 언론에서는 범행 동기와 자라난 환경, 서사, 가해자를 위한 기사들이 쏟아진다. 매번 피해자가 숨게 되는 이 프레임 속에서 과연 순백의 피해자라는 것은 무엇을 의미할까.

많은 사건을 보며 생각한다. 노출이 있는 옷을 입으면 성범죄를 당해도 마땅한 것인지, 가정폭력을 당하던 사람이 반격하면 죽어도 마땅한 것인지, 말실수 한 번에 인생 전체를 조롱당하는 것이 마땅한 것인지, 피해자는 당당해서도 안 되고 무조건 어두운 방구석 처박혀 두려움에 떨어야만 하는 것인지.

내 이야기를 하자면 나는 고등학생 때 '욕먹어도 되는 애'였다. 학교폭력을 당했으니 그런 시선은 애당초 예상했던 일이다. 매일 학교에 가서 마주치는 눈들은 내가 어떤 삶을 살았고, 왜 그랬는지, 얼마나 힘든지는 관심이 없었고, 그냥 맞았으니까 맞을 짓을 했겠지 하며 다들 욕하니까 욕해도 되는 애로 굳어갔다. 경찰 아저씨는 분명히 나한테 잘못한 게 없다고 했는데. 다음 날 '걔네 엄마 씨발년'이라는 소리를 들었으니 뭐 당연히 미안하다는 말은 거짓일 줄 알았지만 엄연히 법 앞에서 사과를 받았는데 왜 나는 숨어야 하는지. 알면서도 알 수가 없었다. 엄청나게 예민한 시기였다. 학교에 있는 시간 내내 온갖 신경을 곤두세워 기죽지 않으려고 안간힘을 썼고 집에 오면 녹초가 됐다. 당시의 나는 무기력의 표본이었지만 일부러 대회가 열리거나 기회가 생기면 달려들어 내 몫을 해냈다. 딱히 대단한 이유는 없었고 그렇게라도 하지 않으면 멋이 안 날 것 같아서. 이대로 무너지는 게 싫어서. 혼자 급식실에 줄을 서 밥을 먹는 건 별문제가 되지 않았지만 어쩐지 굶게 되는 일이 다반사였다. 해명하는 것도 우습게 느껴졌다. 난 그들이 보기에 이미 순백하지 않은데 누가 들어주기나 할런지. 가십거리로 소비되다 말도 안 되는 소문까지 달고 다녀도 모른 체할 수밖에. 그게 내 위치였으므로. 그저 이를 깨물고 버티고 또 버텼다. 매일 아침마다 도살장에 끌려가는 소. 그게 내 학창 시절의 전부였다. 어떤 정신으로 고등학교 생활을 마무리했는지 기억도 나지 않는다. 졸업하는 날에는 기쁠 것 같았는데 모두가 웃고 있는 모습에 구역질이 나서 1초라도 빨리 이곳을 벗어나고 싶었다. 성인이 되고 드디어 이제 자유로울 거라 생각했으나 지역이라는 건 나를 옭아매기 딱 좋은 곳이었다. 나가면 만나는 익숙한 얼굴들. 그것만으로도 집으로 돌아오는 내 심장은 터질 것 같았고 내가 쌕쌕대는 호흡 소리를 자주 들어야 했다. 난 어른인데 왜 아직도 이런 건지 자괴감이 밀려왔다. 악몽이라도 꾸는 날이면 집 밖으로 다시는 나가고 싶지 않아졌고 매일 매일 죽음이 나를 부르는 나날들이었다.

그렇게 몇 년이 지났다. 그때를 넘기지 못했다면 나는 이 글을 쓰지도 못했겠지. 어떻게 살아남았는지도 모르겠다. 물론 잘 지낸 적도 있지만, 피해자에 대한 지속적인 관심과 씨발 성원으로 폐쇄적인 삶을 지향하게 된 것 같다. 망해라! 망해라! 온 지구가 응원하는 기분이었다. 발버둥을 쳐봤자 세상은 나를 급하게 읽어내고 어거지로 소비 당하며 살아가게 되겠구나 하는 생각. 시간이 흘러 이십 대 중후반이 되니 어렸을 때의 나에게 잘 버텼다며 꼭 안아주고 싶다. 하지만 마주치기 싫은 얼굴들은 여전하다. 과연 내가 도망칠까 궁금하면서도 겁이 난다는 사실은 부정할 수 없고 그건 나를 괴롭게 한다.

이 글을 읽는 당신도 내가 대체 무슨 잘못을 했을까 궁금할 수 있겠다는 예상을 해본다. 아니라면 정말 고맙겠지만 만약 조금이라도 의아함을 품었다면 그게 바로 피해자가 숨게 되는 이유라고 설명할 수 있겠다. 그 관심은 가해자에게 쏠려야 마땅하지 않을까. 손가락질 당해도 되는 피해자 같은 건 없다. 맞아도 싼 사람 같은 건 없고. 또한 내 인생을 헤집는 심사위원은 더 이상 바라지 않는다. 학교생활에 어려움을 겪는 친구들이 있다면 힘들겠지만 굴복하지 말고 제 몫을 해내길 바란다. 그곳을 벗어나고 싶겠지만 사실 졸업하면 인생에서 별것도 아닌 곳이다. 지금 당장이 인생의 전부가 아니므로 더 멀리 바라보며 힘내길 바라며 마음 다해 깊은 응원을 보낸다.

'순백의 피해자는 없다' 허지웅이 연재하던 칼럼 [설거지]에서 가장 와 닿은 문장이다. 생각해보자.

1. 순백의 2. 피해자라는 게 가능하기나 한가? 인간은

본디 입체적이며 아이러니를 갖춘 존재인데 어째서 우리는 피해자에게 단편적인 순백만을 요구하는 것일까. 순백할 수 없는 '인간'이 누구를 손가락질하는지도 역시 이해할 수 없다. 덧붙여 피해자의 모습은 우울하거나 움츠린 사람으로 국한되어 있지 않고 그저 피해자가 사는 모습 자체가 피해자의 모습임을 모두가 알았으면 좋겠다. 웃는 순간이 있다고 해서 고통이 사라진 것은 아니니까. 피해자에게 순백의 잣대를 들이밀지도 말며, 그들 또한 복잡한 인간임을 잊지 않았으면. 넘치는 관심은 가해자에게 주었으면. 그리하여 더 많은 피해자들이 당당하게 세상 밖으로 나와 자신의 삶을 살 수 있기를 진심으로 바란다. 나도 여기에 이렇게 살고 있을 테니까.

I HATE PEOPLE

#1

용서가 되는 사람이 있는가 하면 생각에 담고 싶지도 않을 정도로 역겨운 사람도 있어 우리네 인생이 미워하고 용서의 반복이라지만 그 반복조차도 아까운 그런 사람이 있어 몸을 찢어발겨 난도질해놓고도 손톱 거스러미 하나에 엄살을 떠는 게 인간이니까.

#2

　여러 가지로 사람이 싫어지는 한 달. 아무 말도 하기 싫다 아무것도 알려주기 싫다. 모두에게 아무개로 남고 싶다. 나도 사람이 싫은데 사람들도 내가 싫겠지. 관계는 쌍방이니까 미움받아도 괜찮다. 어차피 나도 내가 싫은걸. 물론 너도.

불쌍한 다짐

그날, 너를 마주친 날
눈을 피하지 말고
죽일걸
죽이고 말걸
죽여 버릴 걸 하고 후회한다.
너 닿는 곳은 아직 쳐다보지도 못하면서
너 따라가는 그림자 쳐다보지도 못하면서
다음에 마주치면 정말이지 죽여 버리고 말 거라고
오늘도 불쌍한 다짐만 늘어놓는다.

Recharge my batteries [/ / /]

어쩌다 항상 넘치는 사람으로 살았는지 모르겠다.
어디서부터 퓨즈가 끊어졌는지 어쩌다 앞만 보고 달렸는지.
그래도 괜찮지 않을까.
흘러넘친 감정을 다시 주워담을 수는 없어도
컵을 깨뜨리고 새로 담을 수는 있으니까.

with death on my shoulder

#1

내가 손에 쥔 그 어떤 것도 삶에 미련이 되지 못한다. 흐린 날엔 구름이 비치는 흙탕물에 온몸을 내 던지고 싶다. 고독과 비극에 수몰당해 그대로, 그대로 숨을 들이켜 폐 속을 꽉 채우곤 다시는, 다시는 뭍으로 나오지 않을 거라고. 도돌이표 같은 우울은 창밖으로 나를 부르고 나는 나를 구원하지 못했다.

#2

나 죽으면 장례식에 와줄래. 수많은 초를 켜놓고 cigarettes after sex를 온종일 틀어놓을 거야. 가진 옷 중에 가장 예쁜 옷을 입고 한 손에는 빨간 장미를 다른 손에는 셔터 수가 정해진 싸구려 필름카메라를 들고 와. 그리하여 내 마지막을 오래 기억해줘. 많이 울고 또 많이 웃고 가. 날 위해서 그래 줄 수 있니.

J의 유서

　우울증이라기엔 밝고 웃음이 많아서 걱정하지 않았는데 결국 이겨내지 못하고 떠나버렸나 봐요. 이럴 줄 알았으면 사랑한다고 자주 말해줄 걸 그랬어요. 얼굴도 자주 보고요. 연락을 자주 하지도 않았고 가까운 사이는 아니었지만 꽤 괜찮은 사람이었어요. 이름이 제인이었던가, 맞아요. 제인이었어요. 제인이 바라던 건 별게 아니었어요. 사랑과 낭만 그런 사소한 것들. 가끔 제인이 하던 말이 생각나요. 사랑을 눈으로 볼 수 있다면 얼마나 좋을까 하는. 사랑이 눈에 보였다면 그녀의 죽음을 늦출 수 있었을까요? 제인은 꽃을 눈에 보이는 낭만이라고 부르곤 했어요. 늦었지만 오늘 꽃을 사가야겠어요. 사랑하는 사람들에게 둘러싸여 잠자듯 평화로이 떠나고 싶다고 했었는데 그렇게 되지 못했어요. 충분히 행복해보였는데 뭐가 문제였을까요? 그녀가 말하는 좀먹은 우울이란 게 뭘까요? 죽음에 대한 확고한 제인의 생각을 누구도 말릴 수 없었다면 작별인사라도 할 시간이 있었다면 좋았을 텐데 말예요. 다시 태어나고 싶지는 않지만 만약 새 삶의 기회가 온다면 인적 드문 강가의 작은 조약돌이 되고 싶댔어요. 슬픔도 아픔도 없는, 흘러가는 강물을 지켜보는 작은 조약돌이요. 이제 와서 내가 할 수 있는 건 제인의 소원을 위해 기도하는 것밖엔 없네요. 작은 조약돌을 보면 그녀 생각이 날 것 같아요.

question mark

　밤마다 찾아오는 자기혐오는 나를 갉아먹고 결국에 아무것도 남지 않은 나는 다시 껍데기의 형상으로 아침을 만난다. 생각이 많아질수록 속은 텅 비어가고 정말로 껍데기만 남아 바람에 부서지기만을 기다린다. 물음 가득한 표는 목젖에서 혀끝을 거쳐 활을 잃어버린다. 입안 가득 아마도 현실과 절망의 기억이 있었을 테다.

I'm. already. dead.

뭐 어떻게 살고 싶은 게 아니라 나는 그만하고 싶다. 아, 죽고 싶다가 아니라 이제 사는 것을 그만하고 싶다. 너무 지쳤다 나는 그만두고 싶다. 몇 년 째 삶이 불안과 고통의 연속이라면, 24시간 내내 불안한 마음 끌어안고 산다면 당신이 감히 내 죽음을 말릴 수 있을까. 고통이 적은 방법을 알고 있음에도 죽음을 실행하지 못하는 것은 나 아니면 살 이유가 없다는 나의 어머니가 살아계시기 때문이고 자살하면 지옥에 간다고, 다음 생에도 고통받는다며 나를 겁주는 문장들에 나는 정말로 지레 겁먹었기 때문이다. 그 말이 진짜라면 지상에서 고통받은 나는 죽어도 쉬이 사라지지 못하고 구천을 떠돌아야 하고, 윤회하더라도 후생에서 더 큰 고통을 떠안고 살아야 한다. 잠들면서 죽을 수 있기를 바랄 뿐이다.

주님. 내 곁에 계신다면 부디 내 목숨 거둬 가시고, 안타까운 사람들에게 내 육신 나눠주시고, 나를 인도하시기를 바랄 뿐이다. 매일 밤 그 생각으로 가득 차 절실히 잠들 뿐이다.

I'm dying ing ing ing

인생이 엉망 나부랭이가 된 것 같은 기분이 든다. 절망이란 절망은 다 떠안고 있는 기분. 이미 많이 지쳤다. 27년을 살았는데 벌써부터 그만두고 싶어서 큰일이다. 그만 살고 싶은 이유를 대라면 수백 가지를 댈 수 있다. 안락한 죽음을 위해 누군가를 설득해야 한다면 그것 또한 자신 있다. 며칠 밤을 새워서라도 설득시키고야 말겠다.

삶은 언제나 고통의 연속이었다. 꼭 무슨 일이 일어날 것만 같은 걱정을 떠안고 불안한 삶을 살아왔다. 마음이 느긋하거나 낙천적이지 못하는 가장 큰 이유이기도 하다. 나의 영원한 편은 없고 나는 나약하게도 흔들린다. 나약한 내가 뭘 할 수 있을까.

다들 열심히 살아갈 때, 어느 시점부터 나는 주저앉아 땅굴을 파 내려갔다. 아래로, 더 아래로 나는 깊숙이 들어가 버렸다. 아무도 없고 아무도 없는, 빛이 겨우 들어오는 공간에서 처음으로 안락함을 느꼈다. 헌데 너무 깊숙이 내려오는 바람에 다시 올라갈 힘이 없어졌다. 어둡고 축축한 것 투성이었다. 그렇지만 내게도 멀리 보이는 구멍으로 들어오는 작은 빛이 있었다. 여러 번 나를 비추어 주곤 했다. 한줄기 따스함으로 기운을 차려봤지만 너무 깊은 탓인지 금세 다시 무너져버리고 말았다. 이제는 마음을 먹어도 쉽게 올라갈 수가 없는 위치에 와버린 것이다.

사람들은 참 신기하고 또 대단하다. 나는 사력을 다해도 닿지 못하는 것들을 사람들은 노력이라는 이름으로 잘들 해내곤 한다. 우리는 시작점이 다르다. 이를테면 상자를 옮기는 일. 사람들은 상자를 들어 가뿐히 옮기겠지만, 나는 상자에 대한 기억으로 별의별 상황들을 나열하여 겁을 먹고 머뭇거리는 것이다. 가벼운 상자 하나에도 기억이 붙으면 상자는 결코 가볍지 못하게 된다. 문제가 주어졌을 때 순조롭게 헤쳐나갈 힘 같은 건 내게 진작부터 없는 것이다. 결국 끝까지 상자를 옮기지 못할 것이다 나는.

우리가 살면서 겪는 경험들은 우리를 만든다. 어떤 사람이 되는가를 결정하는 것은 바로 경험이다. 작은 경험들이

나비의 날갯짓을 만들고 그 바람은 내게 불어온다. 그래서 내가 이렇다. 그간 겪은 경험들이 나를 비관적이고 냉소적인 겁쟁이로 만들었다. 이것은 새로운 경험이 연속적으로 일어나지 않는 이상 변함이 없을 것이다.

나의 경험으로 인해 좋은 점은 하나 있었다. 그간 겪은 일이 많았기 때문에 나는 타인의 이야기에 공감할 줄 알았다. 경험을 토대로 조언을 할 줄도 알았고, 위로하고 안아주는 것에 재능을 보일 수 있었다. 이걸 이용해서 나는 사람도 사귀고 친밀감을 느낄 수 있었다. 하지만 오래 두고 보니 우습게도 내게 이로운 것이 되지 못했다. 유니세프의 아이들을 보며 자신의 처지를 위로하는 사람들처럼, 내게도 그런 사람들이 존재했다. 나와 당신의 우울의 크기를 재보고는 위안을 받았는지 훌쩍 떠나갔다. 또 당신이 힘든 순간에만 나를 찾았다가 나아지면은 매몰차게 떠나는 그런 사람들이 대부분이었다. 결국 내 전부를 차지하고 있는 우울은 장점이 되지 못하고 그저 남들로부터 나를 소비하게 만드는 매개가 된 것이다. 이런데 어찌하여 내가 나를, 나의 우울을 사랑할 수 있단 말인가. 그래서 나는 내게 뭔가를 바라고 접근하는 사람을 두려워한다. 내가 당신의 우울을 위해 존재하는 운명의 인간이라는 듯, 나와의 대화로 자기의 감정이 완화되기를 바라는 것에 진저리가 난다. 필요에 의해 찾았다가 불필요에 의해 버림받는 것은 더는 반복하고 싶지 않다. 내 우울은 그런 이유로 살아있는 감정이 아니므로. 결국 남는 것은 너덜너덜해진 나 하나일 뿐이다.

항상 습관처럼 말하지만 우울은 즐길 수 있는 것이 아니고, 우러러볼 만한 것도 아니다. 또한 숨겨야 할 것도 아니며, 전시되는 구경거리도 아니다. 잠시 작아질 수는 있어도 벗어날 수 없다는 것을 깨달은 나는 숨길만 한 여력도 없다. 그저 지금 살아있는 나의 감정일 뿐이다. 나는 그것에서 미치도록 벗어나고 싶다. 언제 그랬냐는 듯, 아니 애초에 깊은 우울은 들어가 보지도 못했다는 듯이.

그림자

내가 가진 것 중에 가장 값비싼 것은 공황과 우울이고 그것을 이생에서 되팔거나 버릴 수 없을 거라는 확신이 든다. 약을 먹어서 일시적으로 크기가 작아질 수는 있어도 이겨낼 수는 없었다. 행복한 순간에도 우울은 사라질 생각이 없는지 언제나 그림자처럼 나를 쫓아온다. 생에 자신이 없다. 아무래도 평생 껴안고 살아가야 할 것 같다.

하나도 아쉬울 것 없는 어제였고
지겨운 오늘을 살면
궁금하지 않은 내일이 온다.

언니에게

당신이 어떤 사람이든 그게 우리 사이에 무슨 소용인가요? 나는 당신 친구잖아요. 왜 겁을 먹고 그래요. 나도 실은 엉망인 사람이에요. 그걸 품어준 사람은 당신이고요. 어떠한 비밀도 내 앞에선 겁낼 필요 없어요. 제 마음은 언제나 늘 그랬듯이 당신을 위해 존재해요. 나는 결코 떠나지 않아요.

나의 고양이, 하쿠

침대에 누워 멍하니 천장을 보다 벌떡 일어나니 하쿠가 야옹한다. 바닥에 닿지 않은 두 발 사이로 얼굴을 부비며 휘젓는다. 야옹. 나는 생각한다. 단순히 며칠이면 지나갈 기분 때문에 이러는지, 아니면 더 이상 살아갈 힘이 없는지. 이렇게 살기 싫은 건지 아니면 죽고 싶은 건지.

하쿠는 야옹한다. 야옹.

아무도 듣지 않는 소리

나는 확실히 번아웃이다.

꿈꾸던 낭만은 언제부터 욕심이 되어버렸는지 한 철 꽃 송이처럼 져버렸고 다시 피어날 가망이 없다. 타인에게 위로는 해도 정작 내가 위로받을 곳은 없다. 모든 것들에게서 도망쳐 오랜 잠에 들고 싶은 품도 없다 이대로 끝이어도 생애 미련은 없을 것 같다.

껍데기 #1

내 걸음에는 바스락 소리가 납니다. 마음은 메말라버렸고, 음성은 갈라지다 못해 작은 바람에도 연약하게 흩날립니다. 툭 치면 부서지는 나는 껍데기입니다.

껍데기 #2

　　남은 삶이 이런 패턴의 반복이라니 더 이상 겪고 싶지
않아. 군이, 군이 살아서 한다는 게 고통받는 거라니. 남은
인생도 고통의 연속, 실패의 굴레인가. 이대로라면 아무런
기대 없이 건조하고 재미없는 사람으로 살다 마음에 품을
것 없이 텅 빈 껍데기인 채로 일찍 가버릴지도 모르지.

껍데기 #3

빈껍데기. 바람이 불면 조각조각 흩날려 사라질 일만 남았다. 우울을 글로 해소하는 것도, 작아졌다 커지는 기복을 버티는 것도 이제는 정말이지 버거운 일이야.

zolpidem

살아있음으로 인해 느껴야 하는 수많은 감정들이 벅차고 서러운 탓에 창밖으로 고개를 내밀어 본다. 그리하여 감정에서 벗어날 수 있다면 온몸을 내던질 수 있을 거야. 높은 곳에서 내려다본 세상은 조그맣고 하찮아. 담배 불씨가 꺼져갈 때 까치발 하나 떼면 마침내 모두와 안녕이다.

내가 태어났을 때에는
가끔은 비탈길이 있더라도
꽃과 나무가 울창하고 새들이 지저귀는
오솔길이 펼쳐질 줄 알았는데
나는 줄곧 벼랑 끝을 산책하고 있었다

약속은 늘 배반과 동반한다

나는 고작 사랑 하나에 가라앉는 게 아니다. 나를 위해서 내 손으로 선택한 것이 비수가 되어 돌아왔으니, 확신에 찼던 선택은 결국 나를 옥죄는 밧줄이었다고. 결국 내가 내 목을 조르고 있었다는 걸 이제야 깨달은 내가 혐오스러운 것이다.

사람에 대한 실망이 쌓일 때마다 내 수명도 깎여나가는 듯하다. 바라는 건 없어요. 상처만 주지 마세요. 새끼손가락 꼭꼭 접어 약속했던 날들은 이미 흘러갔구나. 나도 지나간 것들이 되어 여기로부터 흔적도 없이 흘러가버리면 좋을 텐데.

사랑의 수명

　연인관계에서 가장 중요한 것은 잘 싸우는 법이라고 생각한다. 사랑할 때에는 누구나 다정하고 따뜻하다. 하지만 갈등이 생겼을 때 그것을 어떻게 해결하느냐가 그 사람과 나의 미래를 말해준다. 당신 곁에 있는 사람을 정말로 사랑한다면 갈등을 회피하지 않을 것, 헤어질 작정을 한 게 아니라면 단어에 칼을 품지 말 것, 끊임없이 대화할 것.

내가 선택한 것들이 나를 배반한다

내가 바란 삶은 이게 아니거든.

J는 이제야 뭔가 단단히 잘못됐다고 느낀 거지. 내일 해가 뜨면 J는 샤워를 하고 한 번도 입지 않은 옷을 꺼낼 거야. 그 옷은 장례식을 위한 옷 같기도 하고 태어나지 않을 사람 같은 색을 띠지. J는 어쨌든 문밖을 나설 거야. 어떻게 돌아올지는 J의 기분에 달려있어.

금단

애연가였던 친구가 몸을 위해서 담배를 끊었다는 소식을 듣고 당장 내 몸에 해로운 게 뭐가 있을까 하다 네 이름이 생각났다. 담배를 끊는 것 마냥 내가 너 하나 정도는 끊어낼 수 있겠지. 금단현상이 있어도 다들 잘만 끊더라. 나는 올해 나를 위해 너를 끊을 거야.

네 슬픔은 언제부터인가 내 슬픔이 되었고
우리는 나란히 성장하고 있어.

쓰레기통

우울감의 깊이가 깊은 사람은 타인을 이해할 수 있는 스펙트럼이 넓은 사람일 수밖에 없다. 그만큼 겪은 게 많아서 이해할 수 있는 범주가 넓을 테니까. 하지만 감정 쓰레기통 역할이나 무한한 이해를 바라는 건 욕심이라는 점. 우울의 깊이가 깊다고 모두를 수용한다는 뜻은 아님을 기억해야 한다.

외로운 잘 밤

　수면제를 한 알 털어 넣은 밤에는, 누구라도 내 옆에서 다리를 겹쳐 차가운 발바닥을 비비고 머리칼을 쓸어내리는 손이 아래로 내려와 마주 잡고 서로의 날숨을 맡으며 같이 잠들어줬으면 좋겠다. 하루 끝에 오는 따뜻한 포옹 하나만으로도 나를 울게 하는 사람 있었으면 한다고.

약

약이 늘었다.

상담에 큰 의미를 두지 않는 나는 병원에 가서도 사적
인 이야기를 하지 않는다. 그 때문에 알아야 하는 의사 선
생님과 알리기 싫은 나는 매번 끝없는 꼬리잡기를 하게 되
는데 오늘은 먼저 나서서 몇 마디를 했다.

"제가 좋아질 때마다 나쁜 상황은 달라지지 않았어요.
그냥 제 마음가짐이 달랐을 뿐이지요. 그때마다 살아지곤
했지만 이제는 그걸 깨닫고 나니 억지로 사는 게 무슨 의미
가 있나 싶어요."

선생님은 전투적인 질문 공세의 태세를 멈추고 가만히 키보드를 만지작거리셨다. 짧은 정적 후 선생님은 "병원에서 어떻게 도와주면 좋을까요?" 하셨고 나는 기다렸다는 듯 "약을 늘려주세요" 했다. 병원에서 한 번도 해본 적 없는 공급과 수요의 깔끔한 대화였다. 안녕히 가세요. 안녕히 계세요. 선생님과 나의 안녕의 의미는 다르다는 생각을 하며 가벼운 목례를 하고 상담실을 나왔다. 이 약을 다 먹으면 뭐가 달라지기라도 할까. 약이 정말 잘 들어서 삶에 대한 내 마음가짐이 달라진다고 한들 언제 다시 터질지 모르는 시한폭탄으로 살아가야 하는 것 아닌가. 약으로 연명하는 삶이 얼마나 갈지 이제는 나도 잘 모르겠다.

겨울잠

인간에게도 겨울잠을 잘 수 있는 생체능력이 있다면 얼마나 좋을까? 허튼 기억들 저 멀리 두고 한 달 내리 푹 자면서 봄이 오기를 기다린다면 조금은 살만하지 않았을까.

내 마음은 이쯤에 있구나

아무래도 오늘은 마음이 너무 시려서 따뜻한 차 한 잔을 마셨습니다. 안정될까 싶었지만 나아지는 것은 없고 차의 온기로 인해 내 마음이 이쯤에 있구나, 정도만 알게 됐습니다. 이쯤에 있는 마음은 제 말에 협조할 생각이 없는 듯합니다. 아무래도 저보다 강한 자아를 갖고 있는 것 같아요.

아침에 눈을 뜨면 무슨 생각을 하나요.
행복은 어디에서 오고 어디로 가나요.
생에 가장 중요하게 추구되어야 할
가치는 무엇인가요.
슬픔과 고통 속에서도
숨을 이어가는 이유가 무엇인가요.
무엇에 위안 받으며 살아가고 있나요
그 이유로 인해 억지로
삶을 이어가는 것이 정답일까요.
우리는 무엇을 위해 살아가나요.

극단적 우울

우울하면 별거 아닌 일이 크게 와 닿는다. 애인이 사준 커플링을 잃어버렸는데 반지는 새로 사면 그만이고 애인은 괜찮다는데도 내가 또 뭔가를 잃어버렸다는 사실과 미안함이 곧 자괴감으로 변하더니 하루 종일 울다 결국 연애를 끝내고 우울하던 내 삶으로 돌아가려는 극단적인 생각을 했다. 일하던 애인은 놀라서 내가 있는 곳으로 달려왔고 말없이 그저 울기만 하는 나를 달래줬다. 그 상황에서도 왜 이렇게까지 우울하고 속상해야만 하는지 스스로 이해가 되지 않으면서도 내가 싫고 쉽게 웃음이 나오질 않는 것이다.

우울은 그런 것이다. 작은 것도 최악으로 치달으려는 극단적인 마음. 나는 내가 고를 수 있는 수많은 선택지 중에

왜 하필 나를 갉아먹고 애인을 힘들게 만드는 것을 선택한
건지. 우울은 대가리를 마비라도 시키는 건지 진정되고 나
니 도저히 이해가 되질 않는다. 우울은 10년을 껴안아도
다루기 힘들다. 갑자기 대가리를 처박고 죽어도 이상할 것
이 없는 것 같다.

선택지

아빠랑 마주 앉아 담배 한 갑을 다 태웠다. 그동안 괜찮다 괜찮다하며 참고 참았던 눈물을 다 흘려보냈고 내게 두 가지 선택지가 남았다. 동굴로 들어갈 것인지 다시 괜찮은 척 털어 낼 것인지. 하지만 괜찮은 척 같은 건 금세 들키기 마련이고 나는 다시 조용히 그리고 어느 때보다 빠르게 죽어가고 있다. 꺼져가는 불씨 앞에서 괜찮다는 말만큼 모순적인 말이 또 있을까. 애초에 선택지는 하나가 아니었을까.

너는 길에서 울 수 있어서 좋겠다.

불신

    행복한 순간에도 자살을 꿈꾸는 것은 일종의 학습 효과라고 보면 된다. 매번 찾아오는 작은 행복에는 반드시 끝이 있으며 내 삶은 언제나 찰나의 행복으로 연명하는 불행의 연속이었으니까.

안녕

이 정도면 잘살았다. 삶이 버거워 고꾸라지는 날이 많
았지만 별것 아닌 것에도 웃는 날도 많았다. 만남과 이별을
반복하면서 상처를 받고 움츠러들곤 했지만 과분한 사랑을
받았던 기억은 한 조각도 잊지 않았다. 사라져버리고 싶은
날도 많았고 의외로 살아버리고 싶은 오기도 내게 있었다.
모순된 삶 속에서 나는 많은 것을 배웠다. 용서했고 사랑했
으며 잘못을 뉘우치고 나를 고치기도 했다. 미움과 분노는
헛된 감정이라는 것을 배웠고 자학의 시발점이라는 것도
깨달았다. 만물의 이치를 모두 맛보지는 못했어도 버겁도
록 많은 것들을 배웠다. 충분히 겪었다. 이만하면 됐다. 미
련 없을 것 같다.

같이 자고 싶어

잠에 못 드는 게 얼마나 끔찍한 일이냐면 말이야. 모두
가 잠든 시간에 혼자 불규칙한 심장 소리를 움켜쥐고 불안
에 떨어야 하고, 우울한 마음에 힘을 실어주는 악마의 속삭
임을 들어야 하고, 깨어있어도 머릿속을 헤집는 악몽과 끝
없이 싸워야 해.

그러니 부디 나보다 먼저 잠들지 마.
나 무섭단 말이야.

깨어있는 건 너무 고통스러우니까
꿈나라로 우리 도망치도록 해

밤의 얼굴

행복과 생은 별개의 문제다. 아무리 행복한 순간이 많아져도 이미 곪을 대로 곪아버린 푸석한 삶은 불쑥 나타나 웃는 얼굴에 침을 뱉는 듯이 나를 억누르곤 한다. 밤이 무섭다. 낮과 밤의 얼굴이 이렇게 다르다. 밤은 어둡다. 축축하고.

오늘도 울지

    사람은 울고 싶을 때 울어야 한다. 감정이 배출되지 못하고 마음속에 고여 있으면 그 무게가 날이 갈수록 배가 되고 농도가 짙어져 잠식되고 만다. 어떤 감정이든 참지 말고 울면 된다. 그럼 다시 살아갈 기운이 조금 생긴다.

    더불어 새로 태어난 기분을 안고.

기도

　다들 앞만 보고 열심히 살아갈 때 나는 이렇게까지 살아야하나 머리 위에 말풍선이나 그리면서 내 묏자리 파기. 매일 밤 기도한다. 오늘 뜻 없이 죽어야 하는 가여운 목숨이 있다면 차라리 내 숨을 거둬 가시라. 나는 당신의 존재를 믿으니 스스로 나를 저버린 죄로 지옥 불에 떨어지게 하지 마시고 부디 당신 손으로 거두시어 당신 곁에 두시라고.

모독

우리는 생에 문제가 있어 죽음을 꿈꾸겠지만 타인이 그 것에 대해 물을 때 그 '문제' 앞에 단순히 라는 말이 붙어서 는 안 된다. 단순히 가족문제, 단순히 인간관계, 단순히 우 울증 때문에? 이것은 삼키고 켜켜이 쌓아온 '문제'를 한순 간에 모독하는 말이 되어버린다. 우리 삶은 하나도 단순하 지 않다.

단순한 죽음 같은 것은 없다.

삶의 의미라는 걸 통째로 잃어버린 날.
다들 그렇다고, 나만 외로운 게 아니라고
말해주는 전화 한 통 왔으면 좋겠어요.
다 괜찮다는 전화 한 통.
잘 살아가자는.

자학

내 목숨을 협박해서 갖고 싶은 것들을 얻을 수 있었다면 난 베란다 밖으로 백번이고 떨어졌을 거야. 그렇지만 난 멍청이가 아닌걸. 매일이 죽음의 반복이라면 누가 내 우울을 믿어줄까. 그러다 내가 진짜 죽었을 때에는 양치기소년이 되어있을 거야. 허무하게 죽고 싶지 않으면 과거를 등지고 열심히 살아.

삶은 너무 버거워서

이왕 태어난 거 살아보기에는 삶이 너무 가혹하다. 너무 많은 생각들, 수많은 인연과 바란 적 없던 이별들, 그로 인해 버거운 하루들. 조금 맛본 행복도 한달음에 앗아가는 것이 삶 아니던가. 많은 것들이 버겁다. 잔에 담긴 고통은 흘러넘친 지 꽤 됐고 눈에 보이는 건 이유도 없이 버티고 있는 나. 보잘것없이 자리만 지키고 있는 나 누가 툭 밀어 깨뜨리기를 바라는 나. 살면서 좋았던 기억을 사탕마냥 하나씩 까먹으면서 삶의 무게를 버티면 좋을 텐데. 죄 없는 내 영혼만 갉아먹으며 살아간다.

사람을 겪으면서
기존의 외로움이 극대화된다.
애초에 둘이었다는 것 마냥
혼자인 모습이 낯설기만 하다.
뭐 어쩌겠는가.
나는 홀로 태어났고 앞으로도 혼자일 것이다.

chapter 3

물 한 잔을 마셔도
낭만을 들이키고 싶다

Consideration

근사한 낭만에 얼굴을 처박고
눈앞이 깜깜해 질 때 까지
숨을 폐에 가득 채워 들이키고 싶은 밤입니다.
낭만은 어제에 죽었고
오늘엔 쭉정이들만 남았습니다.

練雀何知大鵬之志

늦은 나이에 결혼해 자식을 얻자마자 나의 아빠는 큰 병을 얻었다. 수없이 많은 대수술로 인해 인조인간이라는 별명을 가지고도 대단한 정신력으로 사업도, 강의도 해내고 높은 자리에도 올라가며 똑똑한 사람으로 살았다. 내가 유치원에 다닐 적 '아빠는 수술하러 간다~' 하며 몸보다 큰 가방을 들고 현관에서 나를 안아줬던 기억이 난다. 그렇게 강해 보였던 아빠가 해가 지날수록 죽어가는 게 느껴진다.

내 나이의 햇수 내내 보호자는 필요 없다며 홀로 큰 가방을 짊어지고 수술을 받고 오던 사람이었는데, 요즘은 작고 늙은 아기 같다. 한평생을 제집 드나들듯 다니던 병원이 이제는 무서운지 괜히 전화가 오고 나를 찾는다. 의지하는 게 느껴진다. 고등학교 3학년, 수능 철 3개월 내내 간의 침대에서 쪽잠을 자며 의식 없는 아빠의 손이 되고 발이 되었다. 아빠는 대수술 후 마취약 때문에 섬망이 와서 (일시적인 현상이고 치매와 비슷하다) 제 스스로 컨트롤을 못 하게 되어 대소변을 못 가린 적이 있었다. 병실 내에 보호자들에게 쓴소리를 듣고 스무 살도 안 된 나이에 나는 아빠를 데리고 복도에 있는 환자 샤워 실에서 몸을 씻겼다. 아빠를 씻기는 건 문제가 되지 않았다. 내가 아니면 할 사람이 없었거니와 내가 말하지 않으면 아빠는 기억도 못 할 테니까. 속상해할 일도, 자존심 상할 일도 없었다. 회복하고 나서는 어떻게 알고 있는지 그런 모습 보여 미안하다는 말에 아빠 나한테 잘해! 하며 그렇게 웃으며 넘어갔다. 그것보다는 병실에서 받은 눈초리와 몇 마디가 아주 서러운 기억으로 남았다. 얼마나 서러웠는지 일을 끝내고 병원에 온 엄마를 보자마자 엉엉 울었다. 크리스마스도 병원에서 보냈다. 수능이 아닌 수시였으니 망정이지 아빠를 평생 원망할 뻔했다. 그 길고 긴 간병 생활에 신물이 나서 더는 병원에 가는 것을 싫어한다. 섬망이 와서 나를 못 알아보는 아빠도 싫고, 굵은 주삿바늘만 꺼내면 왜 그렇게 혈관은 모조리 숨어버리는지 고통스러워하는 아빠를 보는 것도 싫다. 우리 아빠는 아파도 이런 사람이 아닌데 매일 힘겨운 얼굴로 잠든 아빠의 얼굴을 가만히 바라보며 우리 아빠를 찾았다. 아프지만 않았어도 똑똑하면서 유쾌하고, 또 가정적이고, 제 몫보다 넘치게 해내는 그런 사람이었을 텐데. 인간으로서는 안타깝고 딸로서는 참 밉다.

수술이 일상이라 익숙하지만서도 요즘은 수술 방에 들어가는 날이 왜 그렇게 무섭고 마지막일 것 같은지. 늘어나는 병원비로 구멍 뚫린 주머니 같은 인생에 화가 나다가도, 가진 것들을 모두 빼앗기고 길에 나앉더라도 내 수명을 조금 떼어주고 싶을 때가 있다. 엄마로도 모자라서 이제는 나까지 고생하게 만드는 아빠를 애정하고 증오한다. 좋은 기억 같은 건 별로 없고 부모 자격 없는 사람이라 생각해왔지만 그래도 살았으면 좋겠다. 건강하지 못하더라도 괜찮으니까. 빚만 갚다 끝날 것 같은 인생을 준 사람이더라도 그냥 일단은. 누구라도 탓하면서 분을 풀었으면 좋겠는데 아무도 잘못하지 않아서 억울한 날이 요즘 들어 부쩍 많아졌다. 아빠가 아프고 싶어서 아픈 건 아니니까. 아직은 애정이 증오보다 큰가 보다.

꿈이 많던 사람의 꺼져가는 생명력이 안타까워 괜히 신을 불러본다. 마리아의 옷자락이라도 잡아본다. 나를 그렇게 아프게 한 사람을 살려내라고 이상한 기도를 드린다. 아픈 사람이 무슨 담배냐고, 끊으라고 쓴소리를 할 때마다 연작이 대붕의 뜻을 알겠느냐며 사람 좋은 웃음을 짓던 아빠랑 맞담배 하나 태우고 싶다. 연작은 대붕의 뜻을 오래 듣고 싶으므로.

코로나

    며칠 전 재난지원금에 대한 설문이 도착했습니다. 이런 거 하나는 또 열심히 하는 인간이라 즐겁게 응했지요. 순조롭게 넘어가던 중에 저를 한참이나 멈추게 만든 설문이 있었습니다. 재난 지원금을 어떻게 사용했냐는 평범한 질문. 그리고 응답 란에 체크된 것들. 여가 및 소비, 선물하기, 가족과의 시간.

    실은 생필품 구매에 사용하고 있었습니다. 제가 체크한 항목은 여유라는 게 생기면 꼭 하고 싶었던 것들이었고요. 언젠가부터 기회비용이 몸에 뱄고 품위 유지를 위해 선택할 수 있는 폭이 좁아졌습니다. 선물은 제 삶에서 몇 가지를 포기해야 할 수 있었고, 가족과의 시간은⋯ 우리가 언제

밥상에 앉아 함께 밥이라도 먹었는지 기억도 안 나네요. 내가 살아가고 있는 건지 생존하고 있는 건지. 왜 이런 설문 하나에도 가라앉아 골똘히 생각하고 있는지 참.

이러다 제 마음에 여유가 사라질까 뾰족하고 건조한 사람이 돼버릴까 겁이 났습니다. 아주 많이. 그래서 아끼고 아끼던 돈으로 언제에 샀는지 도무지 알 수 없는 닳고 닳은 엄마의 화장품을 새것들로 바꿔줬고, 수술 흉터 때문에 여름에도 긴소매를 입고 다니는 아빠에게 린넨 셔츠와 바지 그리고 멋진 모자를, 친구에게는 갖고 싶어 하던 컵과 예쁜 나비 모양의 집게 핀을 선물로 주었지요. 제 것은 없었지만 확실히 행복했습니다. 가난해지는 마음을 채워 다시 내가 바라던 사람의 모습이 된 것 같아 안도의 마음도 들었습니다.

가끔 이유 없이 뭔가를 선물하고 싶을 때가 있습니다. 모르는 사람에게 편지 한 장이라도 쓰고 싶고, 갖지도 못하는 사치품을 누군가에게 불쑥 내밀기도 하면서 말입니다. 그러니 제가 만약 당신에게 뭔가를 선물했다면 당황하지 말고 '마음이 가난해질까 두려운 거구나' 하고 기쁘게 받아주세요. 그럼 제가 더 기쁠 테니까요.

우리는 코로나 시대에 사랑에 빠진 사람들.
볕이 잘 드는 카페에서 마시는 커피도
분위기 좋은 바에서 부딪히는 술잔도
노을 진 한강을 함께 걷는 것도 없는 시대.
그리운 밤에는 핸드폰 작은 화면 속에서
서로를 찾으며 애틋하다.
당연하던 일상은 추억이 되었다.
우리는 너무 많은 것을 잃었구나.

유월

 저는 불안에 미친 듯이 떠는 제 뺨을 내려치고 싶었다
가, 바람을 타고 하늘을 가르는 새들과, 밀물과 썰물을 갖
춘 파도의 형태를 보면서 자유와 평화를 맛보고 덕분에 조
금은 잔잔하게 마무리했습니다. 새들의 날개를 보고 자유
로움에 대한 욕망이 생겼고, 세차게 들이치다가도 금세 멀
리 밀려나는 변화무쌍한 바다를 보며 어쩌면 우리네 인생
도 바다 같은 것이 아닐까 하고요. 지레 겁먹지 않고 생에
몸을 맡기고 열심히 흘러가면 되지 않을까 하는 생각이 들
었네요. 어떤 모습이든 그것 또한 나일 테니 오늘까지의 걱
정은 모두 내려놓고 내일을 위해 흘러갈 준비를 했으면 하
는 바람입니다.

 이 글을 읽는 당신께, 유월보다 더 나은 칠월이 되기를
바라는 마음을 담아.

 우리 뜨겁게 멋진 여름을 만들어 봐요.

칠월

아무것도 한 게 없는데 7월이 오고야 말았네요. 다들 어떤 계절을 보내고 계신가요? 저는 여름이 여름 같지 않아 애매한 계절을 보내고 있어요. 작년 여름에는 정말 여름 같았는데, 아직은 초여름이라 그런 걸까요? 습하고 쌀쌀한 것만을 반복하니 마음도 축축해지고 있어요. 빨래가 바싹 마를 정도로 뜨거운 여름이 오기를 기다리고 있네요. 추우면 추운 대로, 더우면 더운 대로 그나마 생각이 없어지지 않나요? 땡볕을 걸어 들어간 카페에서 나오는 차가운 바람과 급하게 마신 아이스 아메리카노 하나에서 오는 작은 행복. 다시 땡볕으로 나서게 돼도 그 찰나의 시원함이 얼마나 위안이 되는지. 물방울이 송골송골 맺힌 컵을 들고서 여름을 만끽하며 여기저기 생각 없이 쏘다니고 싶어요.

이번 주 제게 내준 숙제는 '자유'입니다. 사랑하고 싶은 것들을 사랑하고, 가고 싶은 곳을 가고, 배우고 싶던 것을 배우고, 사고 싶은 것을 사고. 이도 저도 아닌 계절에 걸쳐 괜히 망설이지 않고 하고 싶은 것들을 하는 주가 됐으면 좋겠어요. 여름은 원래 더위에 미쳐 그런 것 아니겠어요? 후회 없이 마음껏 사랑하며 온몸으로 여름을 누려보려 합니다. 우리네 마음에 어떤 고민이 있던 뜨거운 여름에 모두 녹아내리기를, 그리하여 여름 안에서 우리 자유로울 수 있기를 바랍니다.

시린 가을

공기가 차가워지면 다들 그런 거라고 말해주세요. 볕에
찌든 여름, 우리는 더우면 더운 대로 녹아내렸고 선풍기 바
람에 한시름 놓고는 아무 생각 없을 수 있었는데 말입니다.
가을은 선선하니 생각에 잠겨 익사할 수 있는 잔인하고 좋
은 계절입니다.

wish

낭만에 갇혀 살고 싶다. 고작 물 한 잔이어도 낭만을 들이켜고 싶다. 낭만 없는 삶은 내게 죽으라는 것 같다. 낭만을 돈 주고 살 수 있었다면 난 아마 신용불량자가 됐을 테지. 있는 것 없는 것 다 끌어다가 낭만을 삼키고 허우적대다 그러다, 그러다 낭만에 익사했을 테지. 내가 바라는 것은 간헐적 행복과 안정도 아닌 단 한 번의 영혼의 배부름. 단 한 번이라도 온몸으로 느낄 수 있다면 당장 죽어도 괜찮아.

필연의 갈림길

어떤 선택이든 후회는 필연적이다. 놓친 것을 아쉬워하는 만큼 아까운 시간이 있다는 것을 모르는가. 분명 나은 선택일 거라 믿는가. 무엇을 선택하든 완벽한 결말 따위는 없다. 우리는 불완전한 인간이니까. 그러니 선택에 힘을 싣고 뒤돌아보지 말고 앞으로 나아가야 한다.

행복

처음 느껴보는 충만함이 마냥 행복하지는 않다. 정교하고 아름다운 유리는 언제나 깨질 준비를 하고 있으니 불안은 늘 상주한다. 아름다움은 완벽한 위태로움에서 오는 것일지도 모른다. 행복한 만큼 두려움은 내 몫이다. 내가 이번엔 꼭 견디고 말지.

번뇌

많은 사람들을 통해 여러 가지 영향을 받는다. 생각이 단절되기도 하고 슬픔이 지속되기도 한다. 마음을 가라앉히기도 전에 자꾸만 사람이 밀려온다. 사람들은 무분별하게 나를 읽어 내리고 나의 조금을 떼서 내어주기도 해야 한다. 어떻게 해야 할지 모르겠다. 의지할 수 있을 거라 생각했던 사람들은 모두 무너져 내리고 말았고 나는 결국 사람 없이 안정되고 싶다.

미움도 용서도 번뇌도 갈애도 후회도 그 어떤 것도 지속하고 싶지 않으니까.

onlyoneintheearth

   지금보다 어릴 적에는 나를 정의할 무언가를 끊임없이 찾고, 어떤 단어들로 표현되길 원하고, 내 앞에 특별한 수식어가 붙기를 바랐는데 요즘은 그 어떤 것에도 관심이 없다. 내가 어떻게 보이든 뭐라 불리든 상관없고 그냥 나답게 살고 싶다.

그게 가장 멋지지 않을까.
지구에 하나밖에 없는 '나' 답다는 것.

사실 아무런 영향도 받고 싶지 않아
나는 나대로, 누구에게도 물들지 않고
내가 모르는 모습들을 찾아가고 싶을 뿐이지

거스러미

요 며칠 손톱 거스러미가 생겨 물에 살짝 닿아도 따끔한 것이 영 거슬리는 일이었다. 뭐에 스치기만 해도 아프니 입고 씻는 것도 대충 하며 욱신거리는 손가락에만 예민하게 신경을 곤두세우고 있었는데 문득 고작 이 작은 거스러미 때문에 내 일상이 제대로 돌아가지 않는다는 게 우스운 것이다.

그 따끔거리는 게 뭐라고. 한바탕 개운하게 샤워를 하고 나오니 별것 아닌 것 때문에 하루하루를 절고 있었다는 생각이 든다.

이유를 가진 인연

매번 느끼는 거지만 모든 인연에는 다 이유가 있었다. 나를 떠나간 사람은 분별과 판단의 기준이 되고, 다가온 사람으로 인해 과오를 반성하곤 한다.

돌아보면 내 삶에서 허튼 인연은 없었다.
헛되다 생각될지라도 사실은 내게 뭔가를 말해주러 왔을 뿐이지.
그런 인연 덕분에 거울을 깨부수고 꼿꼿이 나아간다.

시작은 언제나 나를 기다리고 있다

아주 추운 겨울이었다. 우울을 마음에 품고서 하던 것들을 모두 내려놓았다. 몇 년이 흐르면서 내가 그간 열정을 쏟고 흥미를 가졌던 것들은 아무런 감흥이 없어졌다. 지난 날 쫓기듯 달리던 나를 떠올려보면 허망하기도 하지만, 현실적으로 이제는 정말 다른 사람의 이야기가 된 것이다. 후회할 것도 슬퍼할 것도 없다. '아무것도 안 하는 것' 이 가장 필요했던 나는 그것을 실행했고 나태한 나날을 보내곤 했다. 질풍노도의 시기는 사춘기라지만 나의 경우에는 23살 즈음이 질풍노도의 시기였다. 내가 누구인지 나는 뭘 좋아하는지 뭘 하고 싶은지 나조차도 정의할 수 없어서 꽁지에 물음표를 달고 밤낮으로 밖을 쏘다녔다. 새로운 사람들을 만나 친구가 되어보고 혼자서 술도 마셔보고 잘밤에 불쑥 막차를 타고 혼자 클럽도 가보고 본 적 없는 사람을 사랑이라 믿어보고 내 본 모습은 잊은 채 다른 얼굴의 삶을 살았다. 그렇게 엉망진창으로 구겨지는 사이에 다행스럽게도 내가 진정으로 바라는 것을 알게 되었고 비로소 멈출 수 있었다. 그렇다면 이제부터는 온전히 나의 삶이 시작되는 것이 아닌가?

도망

간만에 서러운 마음에 눈물을 쏟았다. 사람의 잘못을 가리고 실망에 눈 감으면 그에 대한 처벌로 더 큰 배신감에 짓눌린다. 스스로 불러온 재앙이니 탓할 것 없다. 조금의 틈이 보인다면 모른 척하지 말고 도망쳐야 한다.

자책

우리가 저지른 모든 행동에 설명할 기회가 주어진다면 좋겠어. 더 과감하고 덜 후회할 수 있을 텐데. 우리의 모든 행동에 각주가 따라다니진 않아. 우리는 책이 아니야 해설되지 않고 순간의 사라짐으로 평가되는 인간일 뿐이야. 그래서 주저하고 변명하고 자책하는 거야. 우리가 통념과 타협해야 하는 이유야.

무해함을 꿈꾸며

사람에게 상처받은 날이면 작은방에 틀어박혀 앉아 향을 피웠다. 불씨가 꺼지고, 조용히 춤을 추던 연기가 멈추면 괴로움에 질식할 것 같아서 밤을 새워 몇 번이나 불을 붙였다. 향이 꺼지고 죽어가는 연기가 흐르면 내 마음도 죽은 것 같았다. 죽은 마음 앞에선 어떤 것도 위로가 되지 않는다. 질식할 정도로 하염없이 향을 피우는 것 말고는 내가 할 수 있는 것은 없었다. 죄 없는 향을 태우고, 또 태우면서 기억 속에서 잊혀지기를 간절히 바랄 뿐이었다. 어릴 때에는 누가 나를 괴롭히는 게 제일 싫었는데 성인이 되니 그건 그저 욕 한마디 내뱉으면 끝이고, 오히려 내가 누군가를 괴롭게 하거나 상처를 줬을 때 엄청난 죄의식과 자괴감이 생겼다. 내가 상처를 받은 것보다 타인에게 상처를 준 것이 몇 배로 더 괴롭다. 이보다 괴로운 밤은 없다. 상처를 받아 봤기에 어떻게든 무해한 사람으로 살고 싶다. 그래. 나는 타인을 괴롭게 했다는 사실에 엄청난 타격을 받는다. 누군 가 밤잠 설치며 울고 있다면 그 이유가 내가 되진 않겠다는 마음으로 살아간다. 상처를 주는 사람이 되는 것은 너무도 끔찍한 일이다. 매일 밤 향을 피우며 부디 내가 서있는 곳 이 보다 선한 쪽이기를 바란다.

욕심

행복을 손에 쥐고서 사라지면 어떡하지 걱정하지 마
놓칠까 안절부절 하며 꽉 쥐지도 마
어떤 것도 기대하지 마

어차피 눈 깜빡하면 사라지는 게 행복이야

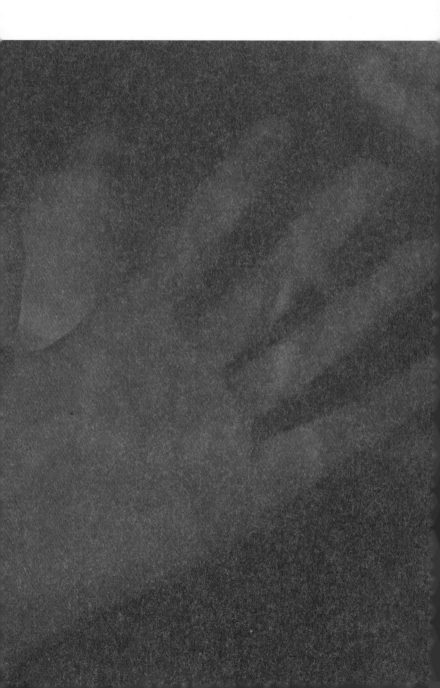

현실의 전부가 불행이라면,
불행이란 것에 안주해버릴까 겁이 납니다.
나아가고 싶어요.
발전하고 싶어요.
이끌어주세요.
냉소와 염세에 물드는 와중에도
이상을 보여주세요. 계속해서 말해주세요.

연어

강물을 거스르는 연어마냥 인생을 역행하고 있다는 생각이 들었다. 거친 물살에 저지되면서도 계속해서 거스르는 연어처럼 나는 인생을 거스르고 있다. 내가 이 물살을 견디고 한계를 넘을 수 있을는지. 그간 느낀 바로는 역행은 화만 부르는 것 같은데. 어떻게 해야 옳은 것인지 모르겠다. 강물을 거스르지 못한 연어는 도태되어 더 이상 연어가 아니게 되지만, 강물을 거스른 연어도 결국은 알을 낳고서는 죽어버리지 않는가?

이도 저도 못하고 아주 오래 딜레마에 빠져있다.
아가미가 닫혀 숨이 막힌 것처럼 내내 답답하다.

소울메이트

소울메이트 같은 거 있으면 좋겠다. 나도 자유롭게 놀아 보고 싶어. 술에 진탕 취해 소파에 누워 담배를 연신 빨아대며 빨간 조명을 켜놓고 이름을 알 수 없는 락밴드 음악을 들으며 방방 뛰는 거. 그러다 지쳐서는 널브러진 카페트 위에서 은하수 조명을 켜놓고 우리의 기괴함과 아름다움에 대해 이야기를 하는 거야.

이기적인 마음

일방적인 마음은 이기적일 뿐이야. 보고 싶은 것도, 정말 보고 싶었다. 환하게 인사하고 싶은 것도, 껴안고 싶은 것도, 가슴팍에 얼굴을 부비며 온기를 나누고 싶은 것도. 결국 일방적인 거라면 그건 이기적인 마음인 거야.

그렇담 우리 이젠 그것을 마음이라고 부르지 말자.
이기적이라고만 부르자.

강물처럼

올해 새로운 의사 선생님을 만났다. 만나자마자 강한 용량의 수면제였던 스틸녹스, 소위 말하는 졸피뎀을 끊었다. 아침, 저녁약도 많이 줄였다. 주마다 상태를 체크하고 천천히 약을 줄이면서 선생님이 당부하신 것은 약은 도움을 주는 것뿐이라 생각하고 의존하지 않아야 한다는 것. 덧붙여 감정을 직시하고 컨트롤하려는 노력이 필요하다고 하셨다. 그 과정이 사실 힘들었지만, 이제 나는 약에 취해 우스꽝스럽지도 않고 수면제 몇 알을 먹고도 맨 정신으로 술을 들이붓지도 않는다.

선생님은 강물처럼 잔잔히 흘러가고 싶다는 내 말에 '그래요, 흘러가봅시다' 하셨고 그렇게 내 손으로 해결할 수 없는 문제들은 과감히 흘려보내는 법을 배웠다. 약이 떨어지는 바람에 가까운 병원에 들렀다가 선생님을 만난 건 확실히 행운이었다. 난 매일 나아지고 있고 강물처럼 흘러가고 있다.

사랑의 의미

　헤어진 남자친구가 그리워요, 돌아오지 않을 것 같아
요. 어떻게 하면 좋을까요? 뭐 이런류의 고민 메시지가 많
이 오는데 나는 그냥 할 수 있는 모든 것들을 해보시라 말
한다. 보고 싶으면 찾아도 가보고, 하고 싶은 말을 토해보
기도 하고, 새벽에 전화하고 싶으면 전화도 하시라. 그렇
게 하기엔 자존심이 상해요. 한다면, 갖고 싶은 쪽이 자존
심 세워가며 가질 수 있는 게 세상에 있던가? 애초에 사랑
앞에 자존심이란 필요 없는 것이고 쪽팔림도 수치스러움도
시간이 지나면 잊혀 진다. 온 힘을 다해 그 사람만 보며 달
리다가도 할 수 있는 모든 것을 하고 나면 그제야 탁 멈춰
진다. 돌아오지 않는 사람은 내 가치를 잊은 사람이고 그
런 사람에게 나를 다시 사랑하라 말하는 것은 시간 낭비일

뿐이다. 사랑이 노력으로 되는 것이었던가. 세상에 나 같은 사람은 나밖에 없다는데 자체로 얼마나 소중하고 희귀한지 굳이 설명해야 하나. 뭘 해도 돌아오지 않는 사람은 딱 거기까지인 것이다. 하고 싶은 대로 다 해보라는 말은 떠나간 그 사람을 위해서가 아니라 떠난 사람을 여전히 붙잡고 있는 당신을 위해서 하는 말이었다. 그제야 알게 되겠지. 이 사람은 나를 괴롭게 만드는구나. 고작 이런 사람에게 매달렸구나. 내게 아무것도 아니구나 하고.

연예인 정려원씨가 방송에 나와 연애담을 풀며 어머니께 들었다는 말이 연애를 하고 이별을 할 때마다 기억에 남아있다. "려원아. 사랑은 구걸이 아니야" 그 말을 듣고 붙잡고 있던 것을 놓게 됐다고 했다. 사랑을 구걸할 때부터 사랑의 의미는 변질된 것이다. 사랑은 나의 구걸이 아닌 너와 내가 함께 하는 것.

무덤덤한 인간으로

모든 관계를 쉬이 놓을 수 있는 사람이 됐으면 좋겠다. 담백하고 미련 없는 사람이 되고 싶다. 지난날을 뒤돌아보지 않고, 떠난 사람의 그림자를 생각하지 않고, 이따금씩 상자를 열어보는 짓도 하지 않고. 그럼 지나간 일은 정말로 지나간 일이 될 텐데.

머물고 떠나는 것들

오랜 시간 내 곁에 남아있는 친구들은 내가 우울한 사람이라는 걸 인정하고 받아들였기 때문에 친구로 지내는 게 가능했고, 그들은 나한테 바라는 게 없었어. 내가 동굴에 들어가면 부산 떨지 않되 염려는 하면서 마침내 기운을 차리고 세상 밖으로 나오면 나를 불러다 편지에 선물에 음식을 욱여넣었지. 그들은 그저 내가 행복과 평화를 찾기를 바랐던 거야. 나도 그만큼 그들에게 좋은 사람이었다고 믿어. 단 한 번도 도움을 거절하거나 뺀 적이 없었거든. 내게 정의가 있다면 그들에게만 유효했거든. 관계라는 건 한 쪽의 자선사업이 아니잖아. 반대로 제 에너지에 맞춰주지 못한단 이유로 지쳐 떠나간 사람들은 사실 친구가 아니었어. 나를 걱정하는 마음보다는 본인을 서운하게 했다는 사실이

중요했으니까. 그저 내게 뭔가를 원하고, 바라고 온 사람들이었고. 시간이 지나도 여전히 나는 그들이 만든 편견에 둘러싸여 화두에 오르내리겠지. 씁쓸하지만 관심은 없어. 사람마다 각자의 입장이 있기 마련이니까. 애초에 나를 떠날 사람은 떠나는 거고 대단한 이유는 없을 거야. 나한테 그만한 가치를 못 찾았겠거니, 하고 흘려보내지. 그럴 때면 곁에 있어주는 사람들에게 소중함을 느끼곤 해. 얇은 지갑 사정에도 뭔가 해주는 게 전혀 아깝지 않아. 내가 우울해서 미안하다는 말을 하면 그게 무슨 말 같지도 않은 말이냐고 호들갑 떨어주는 것도 참 고맙고. 연락을 하지 않으면 우울하겠거니 지레짐작하고 언제든 날 기다려주는 것도 고맙고. 근데 요즘 마음이 그래. 한없이 가벼운 관계에 울적하기도 실망스럽기도 하고. 마음이란 게 참 어렵구나.

꿈

저를 꿈속으로 데려가 주세요. 그곳은 슬픔도 후회도 없어요. 날개 없이 자유로이 날아다니다 폭신한 구름을 타고 올라간 하늘 끝의 노을이 분홍빛으로 물드는 곳이에요. 물속에서도 숨 쉴 수 있고 마음껏 헤엄치다 파도를 온몸으로 만나도 젖지 않는 그런 곳이요. 영원히 갇힌대도 후회는 없어요.

구원은 셀프

작년까지는 사랑 없이는 단 하루도 살 수 없을 것 같았는데 해가 지나면서 그냥 나 자체의 가치를 알아봐 주고 서로를 응원하며 발전하는 관계가 아니라면 감정 소모는 참 쓸데없다는 생각이 들어. 왠지 나 이제는 혼자서도 더 잘 살 수 있을 것 같아.

사랑한다면 나를 구원하라는 타투도 지워버리고 싶고.

전시되는 삶이란 얼마나 비참한가

예전에는 행복하지 않아도 행복한 사람처럼 보이고 싶어 안간힘을 썼는데 요즘은 내가 꼭 행복해 보여야 하는 건가 싶은 생각이 든다. 만들어진 행복에서 얻는 것도 없는데 좀 불행하면 뭐 어떤가. 모두가 불행으로 태어나 작은 행복을 좇아 살아가고 있는데 나라고 뭐 다르겠나.

인생이 처음인 히치 하이커들에게

대충 사세요. 사는 게 좆같으면 좆같다 소리도 지르고 나약함에 도취돼서 데굴데굴 굴러다녀도 보고 인간이라는 불완전함을 인정하고 못하는 건 못한다, 하기 싫은 건 하기 싫다 당당하게 말하세요. 성공 사례만 보고 캔디 빙의해서 억지로 씩씩하게 살아봤자 기다리고 있는 건 번아웃 뿐이니까. 비 오는 날 마르지 않는 수건처럼 무겁고 축축한 당신에게 꼭 말해주고 싶다. 잠시 쉬어간다고 해서 인생이 한번에 나락으로 떨어지진 않는다고.

가장 두려운 것은 후회

후회 없는 삶.

이건 영화 건축학개론을 보고 만들어진 가치관으로 결심한 순간부터 단 한 번도 내 마음을 숨긴 적이 없다. 특히 사랑 앞에서는 더더욱. 내 마음이 창피하다고 생각한 적도 없었다. 하고 싶은 말은 해야 후회가 없다. 말하지 않았을 때의 상황은 짐작할 수 있지만 말했을 때의 상황은 말하지 않고서는 알 수 없는 결말이다. 어떤 것을 알기 위해서는 용기가 필요하다.

그런데 해가 지날수록 점점 내뱉지 못하고 마음속에 묻어두는 말이 쌓이고 있다. 세월의 눈치를 보는 것 마냥. 덕분에 겁쟁이에 재미없는 어른이 되어가는 기분이다. 더불어 많은 것들을 놓치고 있다는 생각이 든다. 시간이 더 흐르면 돌이키기에는 너무 늦어버린 후회들로 부메랑을 맞겠지.

글과 인생은 별개의 일

내 삶과 글은 언제나 동일시되어 나의 의지와는 상관없이 해석되어왔고 보는 이의 마음대로 내 삶 전부가 재단되고 치부되기도 한다. 글은 그저 글이다. 시시각각 변하는 수많은 감정들 중 찰나의 감정이 담겼을 수도 있고 모퉁이의 돌하나에 창작된 글일 수도 있다. 글은 글이지 내가 아니다.

어떤 글 하나에 나는 이별한 사람이 되기도 하고 곧 죽을 사람이 되기도 한다. 글이라는 것은 읽는 사람의 몫이 크니 지레짐작 당하는 것은 어쩔 수 없는 일이라 생각했지만 글 하나로 나의 세상과 감정을 간파했다는 듯 정의 내려버리고 해석을 당연시 여기는 건 어쩐지 불쾌한 일이다.

스마일러

너는 대체 착하다는 칭찬이 뭐가 좋냐고 묻기에 적어도 그 사람을 불편하게 만들지 않는 사람이어서 좋다고 답했다.

근데 상대방이 나를 불편하게 해도 참는 게 착한 건지, 그렇게까지 착해서 내가 얻는 게 뭘까.

개천에서

돈의 중요성을 중학교 3학년 즈음 깨달았는데 돈이 있어야 친구들과 떡볶이를 먹을 수 있었고 하고 싶은 공부를 할 수 있었고 꿈도 꿀 수 있었다. 아무런 지원 없이 꿈을 좇는 어린 친구들의 고민을 읽고 있노라면 환상과 객기만으로 버티던 날들이 떠올라. 꿈에 닿을 수 있다고 말해줄 수 있을까 내가.

미디어는 개천에서 용나는 케이스를 노출시킬 게 아니라 아이들에게 다양한 경험과 배움의 기회를 주어야 한다. 나의 고등학교 시절을 생각해 보면 혼자 아등바등하느라 정말 힘들었다. 개천에서 나는 용이 나라고 생각했지만 현실을 깨달았다. 다양한 지원과 경험을 가진 사람들이 개천도 아니고 하늘이 정한 이무기였음을.

아무 것도 써지지 않는 날이 있다

    내가 사는 아파트는 방음이 잘되지 않아 사람들이 무얼 하는지 짐작할 수 있다. 부부가 다투는 소리와 갓난아이가 우는소리, 가구를 옮기고 하하 호호 떠드는 소리들이 쉽게 들리곤 한다. 견디기 힘든 소음에 참지 못해 소리를 지르면 잠시 고요해질 정도로 방음이 안 되는 아파트에 살고 있다. 그중 윗집 아가는 몇 달 전부터 피아노를 배우는 중이다. 이 또한 방음이 잘 안되는 탓에 들려오는 피아노 소리로 알게 된 사실이다. 오전 12시부터 저녁 6시까지 바이엘 연습을 게을리하지 않더니 이제는 벽 너머로 베토벤의 엘리제를 위하여의 음률이 들린다. 비행기나 나비야 같은 쉬운 곡은 거침없이 치더니 이번에 배우는 곡은 아이에게는 제법 어려운지 멜로디가 끊기는 순간이 많아졌다. 한 구간만 반복되는 소음임에도 불구하고 나는 꽤 듣기 좋다고 생각하고 있다. 어느 날은 느릿한 멜로디가 위로가 되어 줄 때도 있고 달콤한 낮잠을 재워주기도 한다. 며칠 전에는 좋아하는 드림팝을 한곡 재생 시켜두었는데 그 소리가 윗집에도 들렸는지 잘 들리는 부분만 멜로디를 따라 쳐 준 적이 있었다. 미안하고 민망한 탓에 소리를 줄이고 메모지를 꺼내 피아노 소리가 참 좋다고, 덕분에 차분한 오후를 즐기게 되었다고, 밤늦은 시간에 치지 않아서 고맙다고 적어 엘레베이터 구석에 붙여두었다. 메모지는 누군가 떼어갔고 윗집 아가가 봤을지 모르겠지만 친구가 생긴 기분에 한동안 들떠 있었다.

요즘은 먹고 있는 약 때문인지 쉬운 단어도 생각이 나질 않아 어떤 것도 쓰지 못한 채 노트북과 널브러져 있는 때가 많다. 주인을 잘못 만나 쓸모 없어진 노트북을 가만히 보고 있으면 내 마음을 알기라도 하는 건지 피아노 소리가 들려온다. 게으른 하루를 함께 흘러가는 벗이 되어 그 순간만큼은 내일이 오지 않았으면 하는 마음으로 서투르지만 느릿한 멜로디에 몸을 싣고 낮잠을 청한다.

과거에 절절매지 말고 당신의 시간을 살아.
그 배는 떠난 지 오래래. 다신 오지 않는데.
당신이 내뱉는 괴로움의 포효는 나의 고통
이야. 내 행복이 마치 당신을 나락으로 끌어
내리는 착각까지 들 정도지. 내 행복에 죄
책감을 심지 말아줘. 부디 동정하기 싫으
니 행복하기에도 부족한 당신 인생을 살아.

make it count

향수를 사고 결제를 하려는데 메시지 카드를 보낼 수 있는 서비스가 있더라고요. 내가 나한테 보내는 거 좀 웃기지 않나 싶으면서도 나 아니면 누가 나한테 보내주겠어 싶은 마음에 좋아하는 문구를 적고 주문을 했어요. 그리고 오늘 도착한 메시지 카드에요. ⟨make it count⟩ '순간을 소중히'라는 뜻을 갖고 있어요. 엄마가 종종 비슷한 말을 하곤 했어요. 내일은 없을지도 모르니 걱정일랑 접어두고 오늘 하루를 즐겁게 보내라고요. 그렇게 즐거운 하루하루가 모여서 한 주가 되고, 한 달이 되고 결국엔 제 인생이 될 거라고요. 정말이지 오늘은 오늘밖에 없네요. 지금도 오늘이 지나가고 있어요. 방금도 지나갔고요.

어차피 우울할 거라면, 달라지는 게 없다면 난 어차피 일찍 죽을 거니까 그전에 뭐라도 실컷 즐겁게 해보자는 마음으로 살아가고 있어요. 그러다 보면 나도 모르는 사이에 흰머리에 타투를 뽐내는 멋쟁이 할머니가 되어있지 않을까 하는 환상에 젖어있네요. 과연 환상으로 사라질지, 살아질지. 정답은 없어요. 그래도 우리 순간을 소중히, 오늘 하루하루를 즐겁게 만들어 봐요. 혹시 모르잖아요.

저와 당신에게 내는 세 번째 숙제입니다.
make it count!

Let's have a
Wonderful summer.

'All life is an experiment. The more experiments you make, the better.' Ralph Waldo Emerson

흘러가는 대로 인생에 몸을 맡기자. 예고
편 하나 없대도 무서울 건 없어. 삶은 빛을
본 이래로 후회 없이 존재한 적 없었고 예
측할 수 없는 일들로 존재하고 있는걸. 곁
에 누가 있고 누가 없던 내가 나라는 사실
은 우주가 만들어 낸 불변이야. 우리는 그
저 숨을 들이켜고 오늘을 살아가면 돼.

X

내게 왜 사냐고 묻는다면 행복한 기억을 양분 삼아 가끔 미소 지으며 억지로 억지로 살아간다고 대답하겠다. 좋았던 기억을 사탕처럼 까먹으며 삶에 작은 미련을 갖고서. 이렇게 살다보면 보상받는 날이 오지 않을까 하는 멍청한 기대감과 함께 나는 살아있다고.

우울은 온전히 나의 것이다. 이 거지 같은 감정은 곱셈만 알지 나누기를 모르는 지독한 전염병이다. 다행히도 나는 의지나 구원 같은 건 믿지 않은지 오래됐다. 이 독립적 우울은 다른 누구도 아닌 오직 나만이 죽일 수 있다는 것을 안다. 내 삶에 기생하며 호시탐탐 나를 노리는 나의 우울을 사랑하고 죽도록 증오한다. 더럽게도 끈질긴 이 감정에 조금도 나를 내주지 않고 악착같이 싸워 끝내 승기를 잡고야 말겠다.

Epilogue #1

내 마음 하나도 제대로 보살피지 못하면서도 오늘부터 당신께 어떤 위로가 될 수 없다는 것이 괜히 슬픈 밤입니다. 이 책에서 마음에 남는 문장 하나가 휘발하지 않고 어느 날 문득 힘이 되기를 바랍니다. 안타깝게도 우리는 앞으로도 많이 아프고 슬플 것입니다. 삶에 빈틈이 생기더라도 곳곳에 숨어있는 작은 행복과 은연중에 찾아오는 사랑, 선물 같은 낭만으로 생을 채워봤으면 좋겠습니다. 소박하고 별것 없는 것들이 모여 우리를 버틸 수 있게 만들기도 하니까요.

삶이 가난하더라도 마음만은 가난하지 않도록, 우울은 뜨거운 여름에 녹아내리도록, 오늘은 오늘밖에 없으니 make it count, 그렇게 우리 후회 없이 사랑할 수 있기를 바랍니다.

Epilogue #2

집필 도중 존재의 이유를 탐닉하다 제 버릇 못 고친다고 다시금 목숨을 끊고 싶었고 입원을 고려할 만큼 마음이 어지럽고 정신이 괴로웠다. 출판이 늦어진 가장 큰 이유이기도 하다. 나는 늘 뒷심이 부족하다. 우울증으로 인한 무기력은 덤이고, 어떤 점쟁이가 내 사주에 금이 없다고 했었나. 끈기가 부족하여 내 삶은 용두사미라고 했다. 사실 의지도 기력도 없으니 틀린 말 같지 않아서 그 말에 순응하여 살았다. 그런데 갑자기 어디서 생긴 객기인지 타고난 운명에 굴복하기 싫어진 것이다. 사실 이 책은 유작이라는 이름을 가졌었다. 호랑이는 죽을 때 가죽을 남긴다는데 나도 태어난 이유에 대해, 존재하는 이유에 대해 남기고 죽겠다는 우스갯소리와 함께. 누군가에게는 말해주고 싶었다. 나라는 사람이 있었고, 이런 사랑을 했고, 불행을 견뎠고, 아직 이렇게 살아있다고.

내가 만든 문장들이 부끄럽지만 내가 만들었기에 사랑한다. 어느 것 하나 진심이 아닌 적 없었고 내 모든 것들을 거짓없이 토해냈다. 온통 발가벗겨진 기분이지만 이 세상 곳곳에 숨 쉬고 있을 또 다른 나에게 위로가 되길 바라면서.

슬픔이 질병이라면 난 이미 죽었을 텐데

초판 발행 | 2021년 03월 23일
5쇄 발행 | 2023년 08월 23일

글 | 김제인
사진 | 김제인
표지 | Damien (@rootless_damien)

펴낸곳 | Deep&Wide
발행인 | 신하영 이현중
편집 | 신하영 이현중
도서기획 | 신하영 이현중 윤석표

주소 | 서울특별시 마포구 성미산로1길 21 사울빌딩 302호
이메일 | deepwidethink@naver.com
ISBN | 979-11-91369-09-0

ⓒ 김제인, 2023

파본은 구입하신 서점에서 교환해 드립니다.
이 책은 저작권법에 의하여 보호받는 저작물이므로 무단 전재와 복제를 금합니다.
이 책의 내용의 전부 또는 일부를 이용하려면 반드시 저작권자와 딥앤와이드의 동의를 받아야
합니다.

딥앤와이드는 책에 관한 아이디어나 조언 그리고 원고 투고를 언제나 기다리고 있습니다.
deepwidethink@naver.com으로 당신의 아이디어를 보내주시고 출간의 꿈을 이루어보시길
바랍니다.
당신도 멋진 작가가 될 수 있습니다.